晚安，
我亲爱的孤独

午歌／

著

哈尔滨出版社
HARBIN PUBLISHING HOUSE

不过是换个世界开始想你。

说一声晚安，

后来，我们在缀满繁星的夜空下，
肆无忌惮地挥霍青春……

目 录

第一章　你好，我亲爱的孤独

第二章　我有很多爱的故事，想讲给你听

第三章　最初的爱都是不期而遇

第四章 孤独，晚安！

第一章

你好，我亲爱的孤独

孤独的晚安

题记：

当我们说"晚安"时，我们在说什么？

当我们说"晚安"时，我们在说什么？城市的夜太深，容易走失灵魂，那句在心上滑落，轻得不能再轻的一声"晚安"，说给亲人、朋友、爱人，抑或深夜中的自己，像极了一个入睡前的轻薄的吻。

青年风水师苏秦在一次神秘学文化圈的朋友聚会上，傻傻地问过很多人："你们说，跟人说'晚安'的时候，我们心里想表达什么呢？"

"洗洗睡喽！"

"甭嘚瑟啦，大爷困死啦！"

"再聊十块钱的呗？"

"哎哟，我好爱你啦！"

……

答案千奇百怪，但没有一个能让苏秦心动的，这时，人群中轻声闪出一个声音——"说一声晚安，不过是换个世界开始想你。"那声音很轻，却颤巍巍地和苏秦的心共振了。

与前女友分手一年后的苏秦，仍陷在强烈的失恋综合征中。症状之一就是每晚睡前都会准时想起她，像每天在手机记事本里定了闹钟一般精准。当然，他还十分手贱地去刷新朋友圈中她的状态。如果是晚上，睡前，看到她的状态信息，他便第一时间条件反射一般写下"晚安"二字，然后滚倒在床上，蔫茄子一般软塌塌地坠入梦中。最近一段时间，苏秦失眠了，因为他已经很久没机会跟人说晚安了——不是前女友暂停了更新夜间状态，而是人家一不做二不休地将他彻底拉黑了。事实上，那句具有极强仪式感的"晚安"，已经像一道符咒似的贴在他的脑门上。符在梦在，符不在服务区，梦也就欠费停机了。

但作为青年风水师，苏秦在专业上具有极高的职业素养，所以，他才能受邀参加今天这样一次高端的神秘学文化圈的聚会。当那个用声音和他共振的姑娘，从人群中探头探脑地朝他微笑时，他一眼就看出她左手腕上缠着一串成色极好的红碧玺——"哎哟，她在招桃花啊！"——苏秦大脑中闪过一记清脆的响指，抿抿嘴唇，用一个干净的微笑回应了她。

"好浪漫、好深情的答案啊！我叫苏秦，算是个搞风水的吧！你是？"

"沈妍，我学心理学的，勉强算个催眠师吧！"

"催眠，催眠能治失眠吗？"

"太能治了！"

众人还在七嘴八舌地回答着睡前道"晚安"的复杂含义时，苏秦已经伸手举过手机，请沈妍扫码加微信了——"嘎哒"一声过后，苏秦看到了一个倚在床头、抱着一只大白的素颜美女头像，心中忽然有种尘埃落定的感觉。

据说，"约姑娘"法则中，有一个相悖相成的理论。比如说，要看清一个女孩，必须带她吃一次豪华大餐和一次路边摊，才能下结论。鉴于首次见面，男性应该慷慨而绅士地主动买单，苏秦决定先从大餐约起。

于是，一周后，苏秦和沈妍就端坐在市中心一家高档海鲜馆的包厢里，冷菜、虾蟹齐活后，白葡萄酒也斟好了。苏秦端起酒杯，道过"幸会"，轻轻碰了下沈妍的酒杯，悠悠饮下。沈妍也大方得体，启开朱唇，力道轻盈地抿入一口，桃红的唇印便浓淡适宜地印在了杯壁上——"怦怦怦"，那一杯白葡萄酒，也和苏秦一样，有了娇羞难掩的心跳。

"你怎么不吃鱼？"

"Lady first！"

苏秦轻声应和着，脑子却一转，想到从前在一本小说中读过，旧时人贩子偷了百姓家的小孩之后，会烧一道清蒸鱼给小孩们吃，那些一筷子插在鱼肚子中央的小孩，想来出身草根；一筷子戳在鱼头后脊两寸左右的小孩，必是出身大户，见识非凡，一定得要挟他父母给大价钱。

苏秦正欲坏笑，却看见沈妍抄起公筷，精准地夹起一绺鱼脊背上的蒜瓣肉，竟慢慢放到了他的盘中。

"看你光傻笑，怎么一口都不吃？"

"呃……"苏秦话锋一转问道，"催眠治疗失眠这种事，究竟靠谱吗？"

"当然！要不你有空来我的工作室试一试？"

沈妍说着，自信地粲然一笑。买单时，沈妍说她来，苏秦抢先接过账单说："这次我来，也给下次约你留个念想。"沈妍也不多争执，顺势说："那下次一定我请你哟！"头次大餐，沈妍给苏秦留下了深刻的好印象。

再约夜宵摊时，已经是第二周。那晚月色通透，秋风送爽。苏秦说："这么美的夜，坐在有顶子的餐馆里，太暴殄天物了，不如去路边搞啤酒小龙虾。"半小时后苏秦赶到夜宵摊时，沈妍居然已经坐在一盆红艳艳的"王守义十三香小龙虾"的对面，素面朝天地放电了。

"看风水催旺桃花什么的，究竟靠谱吗？"

"当然！不如下周末，我去你家里帮你布置布置！"

"一言为定！"

"以你的智慧和美貌，身边怎么会少得了桃花呢？"

"浮皮潦草的多，正桃花太少，我一直喜欢有专业技能的高素质人士！"

"包在我身上！"

在夜宵摊上顺利达成了共识，也不知是那天被辣椒烧红了脸，还是忽然害羞起来，总之抢着去买单的沈妍，竟然一连跟苏秦说了好几个谢谢。

一周后，苏秦穿着轻便的运动装，手捧罗盘出现在沈妍的家门外。

门开了。

满屋淡紫色，如薰衣草盛开的花园。

"随便看啊，别客气。"

"这房子没玄关，一开门就是一张大床，你够直接！"

"嗯！苏大师，有劳你啦！"

苏秦捧着罗盘，定准水平和方位线，一阵端详，然后又捧着罗盘分别走进厨房和阳台，左右摆弄了几下，掐指沉思后斩钉截铁地说："坐坎朝离，房子坐向没问题，你的八字拿来看看。"

沈妍半是惊异半是欣喜地翻出一个白纸本，沉思了片刻，调皮地说："你不会是间接打听本姑娘的芳龄吧？"苏秦一脸严肃地回应："信我没错啦！"

"喏，给你，都在纸上啦！"

"1987年的，属兔，你的桃花在子位。哎呀，正北方的房间外有座小山包，桃花被压住了，难怪找不到男朋友。"

"有解吗？"

"那当然！"

"我该怎么弄？"

"看我罗盘上申、子、辰对应的三个方位，各放一个猴子、老鼠和青龙玩偶。这叫三合水局。"

"三合水局……"沈妍重复着苏秦的话，像跟着老师学朗读似的。

"OK啦，你八字火旺，紫色对你不好，明天将你房间涂成蓝色吧！还有，没事儿多穿黑色、深蓝，别穿粉红色，内裤也不行。"

"哈哈，还有吗？"

"我送你个草莓石的七星盘，你现在就放北屋卧床下面去。"

"好嘞，麻溜儿的，还有啥要嘱咐？"

"看得上的男人，拉他到这张床上躺一会儿，一准能吃定！"

"真管用？"

"灵得很！"

"三两下就搞定了，感觉你超厉害呀！"

"都说了我是有专业技能的高素质人士啦！"

苏秦长舒了口气，仰面靠在沈妍的床头，随手打开写字台边的CD，一首《森林波尔卡》从音响里缓缓流淌出来。

"还记得我上次问你的事吗？"

"是治疗失眠吗？"

"对啊！"

"记得啊！对了，来杯咖啡还是果汁？"

"咖啡。"

沈妍转身进屋，苏秦伴随着音乐吹响轻快的口哨。

"嘿，房顶上这个贝壳风铃看起来很特别。"

"嗯，那是给病人催眠用的。"

"心理咨询啥的，这事究竟靠谱吗？"苏秦问。

"不试试看，你永远不知道会有多神奇！"沈妍说。

苏秦忽然心头一热："你知道吗？我曾经跟一个人说了一年的晚安，直到最后被人家拉黑了！"

沈妍没应答。

苏秦接着说："我问过好多朋友，我们孤独地说着晚安，究竟是为了什么？"

沈妍不语，苏秦接着说："直到我遇见了你的答案，我觉得那简直太浪漫、太深情了，我再也不想一个人傻傻地说晚安了。

"嗨！我说沈妍，既然咱俩都单着，为什么不试试看呢？"

"为什么不呢？"沈妍终于开口笑了。

苏秦随即调大了CD机的音量，伸手过来，绕过沈妍粉嫩的脸颊，轻轻拆散了她的长发。

一首欢快的《森林波尔卡》，让星期天的整个下午变得慵懒又性感。

"果然是粉色的内内，以后不要穿了——不过人家好喜欢！"

苏秦仰在床上慢悠悠地回味着。

"咖啡煮好了！"

沈妍轻盈地走进卧室，浅浅一笑。

"呃，刚刚我这是怎么了？"苏秦揉揉眼睛问，"是不是睡着了？"

"嗨，我说，我们两个都单着，不如试试怎么样？"

听完了苏秦被催眠后的大段唠叨，沈妍一边说着，一边优雅地散开了盘在头顶的长发。

"为什么不呢？！"

苏秦一边回答，一边将《森林波尔卡》设置成了单曲循环。

"事实证明，我们两个都是有专业技能的高素质人士！"沈妍得意地补充道。

星期天下午，毛茸茸的秋阳扎得人浑身痒痒，和着一曲《森林波尔卡》，正好在床上赖到地老天荒。

Hello，拖延症

1

从画在墙壁上"正"字的个数上来看，我来这里已经整整一个月了。

2

自从人类的"拖延症"行为在脑部反射感应区被发现以来，彻底治愈拖延症，已经由心理学课题转变为生物医学工程问题。在这家寰球"鲁尼提克"试验中心，数十名科研人员与试验患者，正在为人类彻底摆脱拖延的困扰，进行着大胆的尝试工作。我是一名拖延症患者，当然，也是被荣幸选中接受这次切除手术的试验人员。

最新的研究表明，拖延症行为产生的动态感应区（简称P+感应区）位于大脑白质深部基底神经节，主要由尾状核、豆状核、屏状核和杏仁核组成。

目前，研究人员利用动物腺体蛋白对其工作区域进行标定，在反复发作拖延症的行为模式下，准确定位基底神经节的P+感应区，继而对其进行完整切除，以根治拖延症。

必须告诉大家，试验室的环境美妙极了——双人间的寝室，明窗净几；活动大厅里，绿色的墙壁，绿色的地毯，绿色的被褥，让人如同置身一潭碧绿的秋水之中，穿着粉红色精致套装的护士们，穿行其间，像一朵朵摇曳生姿的莲花。唯一让我不太满意的是护士长玛莎——她总是一口爆破腔，嗓门大得好像塞了二十千克的TNT，脸上涂着厚厚一层廉价粉底，伴随着腊肠嘴唇的上下颤动，粉底噗噗地掉落，像一场盛大开幕式上燃放的烟花。粉红色的套装和她健硕滚圆的四肢完全不般配，然而她还是执拗地硬挤了进去。"苏秦，你丫该吃药啦！"隔着几米远,. 她也能用声音轰炸我。我乖乖招手示意，她远远地笑起来，夹在一群粉荷般的护士中间，像一个很突兀的洋葱头。

试验室的伙食很不错，早餐供应咖啡，以及富含大量VC的青瓜、沙棘、牛油果；中餐和晚餐常常会供应柔鱼和大闸蟹，以补充蛋白质。

据说，大闸蟹橘黄色的消化腺——俗称蟹黄，可以促进P+感应区的蛋白质分泌以及氨基酸活化，便于锁定P+感应区的工作部位，来此生活一个月，我在餐桌上剥掉的螃蟹壳足足可以堆砌成一座小山包。

3

凌晨三点，我从睡梦中醒来，拭去了额头上的汗水。我的室友艾伦，正打着手电筒，满脸惊诧地看着我。他的喉咙干哑，发声时不带任何感情色彩，像是用某种电子元器件合成的腔调一般：

"没事吧？"

"不好意思，艾伦，我是不是刚刚梦里喊了什么，吵到你了？"

"沈青是谁？"

"是我的女朋友，我梦到她……"

"哦。"

艾伦说完，倒头睡下——他每次都这样，干脆利落，没有一句废话，没有丝毫拖延，小呼噜很快冒着气泡似的滚了出来，我知道他已如一尾大鱼沉入梦的湖底。

说起来，艾伦来这里是接受第二次手术的。半年前，他曾来这里尝试P+感应区切除试验，虽然手术不是很彻底，但可以看得出来，手术效果非常明显。他清晨四点半准时起床，晚上九点半准时睡觉，每天坚持跑步十英里，平板支撑半小时。

他总是反复阅读Stephen·King的小说，单曲播放Kenny·G的萨克斯金曲，几乎不会笑，话也少得可怜。总之，他是个极高效的人，精准地规划着自己的生活，雷厉风行地开展一切工作，像是一个永远不会出差错的闹钟。如果手术之后，我也能成为他那样的人该多好。这样说来，他不但是我的室友，也是我的偶像，我的英雄。

我把后脑勺枕在双手上，仰望窗外的月光，再有几个星期，我就可以完成试验标定阶段的准备工作，进行P+感应区的切除手术啦！很快就可以见到我梦寐以求的沈青，一想到这里，我的心就"怦怦怦"地狂跳起来。

这一个月以来，我几乎每晚都能梦到沈青，梦到我驾着皮卡车带她奔驰在蜿蜒的山道上，蓝澈的天空大斗篷似的袭来，流云撒欢般向身后奔跑，沈青笑着摇下车窗，将手伸出窗外。

"哇，风好软，好凉，我们像在海底一样！"

"想不想感受一下海浪？"

"哇噢——"

我急踩油门，沈青禁不住大叫起来。山风从耳边呼啸而过，像潮涌的浪流瞬间灌满整个车厢。

"我的天哪，好强的动力！"

"你知道吗，我更换了排气管，磨大了气缸，咱们还可以更快一点儿。"

"苏秦，你好厉害！"

沈青探着身子，凑到我的耳边，用一个温热的吻迅速点燃了我。

皮卡车风驰电掣一般在山道上飞驰，惊动了满山的白鹭。"噗噗噗"，白鹭群一跃而起，像遮天蔽日的白光，直晃得人睁不开眼睛。

"嘿！起床了。"

不知何时，我已经仰躺在床上睡着了。艾伦清晨跑步回来，用一只大手摇醒了我。窗外，天光大亮。

4

等待手术的日子并不枯燥，为了保证肌体健康，试验室每天都会组织体育运动。上午是乒乓时光，美美地睡上一个午觉之后，便迎来了黄昏的集体散步时间。我没有睡午觉的习惯，可玛莎说，午休对我们的身体大有益处。我说过，她总是喜欢在光天化日之下展露自己的威风，隔着人群，用她那要爆破全宇宙的腔调高喊：

"苏秦，你不要要滑头，让我看着你把药吞下去！"

好吧，我乖乖遵命，接过护士手中的药粒，用一口凉白开，让胶囊在我的喉管里顺流而下，落在水湿一片的胃囊里，胶囊很快融化，睡意滋生，像滩涂上旺盛发育的芦苇一般疯长不息，缠绕着我的身体，最终将我深深埋入其中。

"嘿！起床了。"

我再次被艾伦摇醒，穿好宽松的斑马服，和他一起步入殷红的夕阳之中。

黄昏是我一天中最开心的时刻，艾伦独自去做平板支撑训练，我会在紫藤花下的长条石凳上和阿福、皮特海聊一会儿。

阿福、皮特和我一样，都是首次选择做P+感应区分离手术的拖延症患者，同样的天生懒散不羁，同样的对未来充满好奇。我们起初在上午的乒乓时光中相识，组成男子双打对抗组合，我和艾伦一组，阿福和皮特一组，当然我和艾伦总是毫无悬念地胜出。因为艾伦实在太强大了，于是我和阿福、皮特组成三人战队，围剿艾伦，我们齐心协力、配合出击，像一场雄浑的三英战吕布，像一场开心欢畅的斗地主——只可惜，艾伦轻松挥动球拍，砍瓜切菜一般就打败了我们。

我们三个Loser很快在黄昏的散步时光搅在了一起。阿福从前是个优秀的厨子，烧得一手精致的淮扬菜，玛莎时常调阿福到餐厅帮忙。

自从和阿福成为很好的朋友，用餐时，我总能从他手中接过个头出挑的大闸蟹。我朝着蟹壳里橘黄色的腺体猛咬下去——哇塞，汁液瞬间充满整个口腔，膏油在味蕾上缓慢渗透，肥美的味道让人浑身战栗，直想飙几滴晶莹的眼泪，来纪念这伟大的友谊。

皮特从前是个水手。他跟我说，以前漂在海上的时候，经年累月地看不见一个姑娘，为了打发日子，每天只能大量喝茶，龙井、普洱、大红袍、茉莉花……直喝得膀胱丰盈，内心肿胀，一下船看见姑娘就两眼放光，吐口唾沫也能让过路的蟑螂怀孕。

"那你为什么要来这里，而不去找姑娘？"我问。

"从前的日子太懒散，漂在海上每天啥也不想干，我想治好拖延症，就去做个调酒师，天天混在小酒吧里，和美丽的姑娘们在一起。"皮特说。

"我想手术后去做一个伟大的推销员，没日没夜地奔跑，卖减肥药，赚很多很多的钱。"阿福说。

"可是，你不是个厨子吗？厨子不是应该竭尽全力为人类制造无穷美味吗？"皮特反问。

"那些都过时了，什么选好食材，文火慢炖，精心调味——现在的人哪有这样的闲工夫弄这些，用点工业调料就OK啦！"末了，阿福补充说，"爱美爱钱才是硬道理。"

夕阳西下，我们的偶像艾伦先生正在拉直身体，撑住地面，和他的健硕的腰板死磕。已经过了好久，艾伦似乎仍不知疲倦地努力坚持着。

"艾伦真棒！"我们三个异口同声地喊道。

5

一周后，阿福带来一个惊人的消息。

半月前，试验室里有一对夫妻患者，术后康复已经出院回家。

有病友留下了他们的住宅电话，向他们咨询手术效果。

"你们猜怎么着？"阿福瞪大眼睛说。

"快讲，快讲！"我和皮特显然急不可耐。

"手术效果好得呱呱叫。两人思路敏捷，精神亢奋，做事很有计划性，再没有任何拖沓，我想，他们升职加薪那都是早晚的事吧！"阿福说。

"那太好了。"我说。

"不过……"阿福顿了顿，补充道，"据说两个人住在不同的试验区，隔了好久才回家团聚，小别胜新婚嘛，你们都懂的，谁知道两人好的时候，衣服还没脱干净，身体便完全不受控制，直奔主题——'啪啪啪，啪啪啪'，那男的就像一架开足马力的打夯机。"

"我的天，有那么厉害？"皮特问。

"嗯，完事后，两人先后冲进浴室，迅速洗澡、换衣服，谁也没再多说话，一个打开电脑，查看大盘；一个马上整理家务，洗菜做饭。晚饭后，他们听音乐，看电视，然后又好了一次，这次更快，快得像打了一支退烧针似的，手起针落就完事退热了。晚上九点半，两人各自滚到床的一边，麻利地睡下，默契得像一对门神。"阿福说。

"我的天，没有前戏，没有交流，夫妻生活分秒必争，流程精准得像通过ISO9001认证一样，这有点恐怖啊！"皮特听得脸色发白，吞吞吐吐地问，"你们还要做手术吗？"

"当然！"我和阿福齐声喊道。

6

玛莎的午间胶囊，总是让我沉入更深层的梦境。茂盛的睡意，像高大的丛林一般遮天蔽日，没有光，我在梦里见不到我的沈青。有一天，我壮着胆子，将胶囊压在舌底，猛灌了一大口水，夸张地扬起脖子，咕咚咕咚地咽下——你一定猜不到，我竟然骗过了玛莎这个洋葱头。她撇着腊肠般的厚嘴唇，笑起来如雪山崩塌，白肉乱颤。

"苏秦，这么乖啊——下次有空到餐厅帮忙好啦！"

玛莎走远后，我迅速将胶囊从舌底抠了出来，塞在绿色的枕套里。

"干什么？"在一旁读小说的艾伦问道。

"我……我吃了这药总是睡得昏昏沉沉的，我想我还是停几次试试看……"

不等我啰啰唆唆地说完，艾伦已放下手中的小说，闭上双眼睡下——我猜他一定瞧不起我这样不配合试验的患者，他才懒得理我。整个中午，我清醒得毫无睡意，却在那天深夜时分梦到了沈青。

"苏秦，你能不能快一点，别磨磨蹭蹭的？"

"哦哦！"

我喏喏地应着，暗自埋怨自己懒散的性格，无论吃饭、走路、逛街、开车，我始终是个拖拖拉拉的人。

"快一点，不然赶不上到山顶看日出了！"

"放心，我改装了我们的车子。"

说着，我猛踩油门——梦境忽然发生了逆转，大群白鹭从幽暗的深谷中猛飞出来，我被耀眼的强光刺得睁不开眼睛，我大叫着沈青的名字。

"沈青！沈青！"

"苏秦，你竟敢骗我？"

我被吓醒了——是玛莎。她攥着手电筒，眼珠子瞪得像艾伦发射出的乒乓球似的，杀气腾腾。

"居然敢假装吃药，你还想不想做切除手术啦？是不是逼着我现在给你打一针？"

我吓得将头埋进被子，像个鸵鸟似的瑟瑟发抖。

"亏得我还好心地让你去餐厅帮厨，你给我听好了，不配合手术前的准备工作，门都别想出！"

我被几个涌入房门的男护工抬着走出寝室，扔进一个独立的小房间。等我可以走出那个房间，再次享受悠闲的午后时光时，已经是七天之后的事情了。

7

"做这个手术是不能反悔的，就算你现在想退钱走人，'鲁尼提克'试验中心的工作人员，也一定不会答应的。"阿福说。

"现在情况不妙，很多试验人员都想放弃手术，尽早离开这里……"皮特说。

"为什么？"我问。

"早先离开试验中心的那对夫妻的生活出现了很大的问题。"皮特说。

"是性生活吗？"我问。

"不只是那个。他们现在的生活状况很疯狂，每天像打了鸡血一样地加班工作，备受同事们的白眼；吃饭时狼吞虎咽，很快出现了胃痛的症状；拿起一本喜欢的书，便一口气从封面读到最后一页，完全不休息，完全放不下，直到颈椎剧烈地疼痛起来。跑步、健身也一样，只要制订计划，便会一丝不苟地执行，打雷、下雨、雾霾天也要坚持，肌肉再酸疼肿胀也从不会主动休息。当然，比这些更疯狂、更混乱、更恐怖的是，他们根本停不下来，他们根本无法控制自己的生活。"阿福紧张地说。

"可是，我觉得艾伦的状态很好啊，也没有看到他哪里不正常啊！"我说。

"他一定是个异类！"阿福大叫。

"你们想怎么样？"我问。

"我们想尽快离开这里。"阿福和皮特异口同声地说。

"逃出去吗？"我小声问。

"嗯，你觉得怎么样？"皮特说。

"我……我……我来这里做手术，是因为我的女朋友沈青，她总是觉得我拖拖拉拉。对了，来这里之前，我们刚刚因为我拖延症的事情大吵了一架。那天清晨，我们决定起早去看日出，可我一直磨磨蹭蹭的，不得已还在山道上飞车。我爱她，所以我想做手术——"我说。

"可是我们需要你。"阿福忍不住打断我的话，补充说，"我们不想过那样鸡血式的生活，我们想在午后的阳光里漫无目的地发呆；想在喝咖啡的时候放肆地吹牛，谈论股票和生意；想像个孩子一样，冲进大雨里，淋得湿漉漉的却还不停地哼着歌踩水玩——这才是生活，生活不是按照ISO的标准活着，生活需要有时鸡血，有时鸡汤，有时鸡贼，有时禽流感！"

"嗨，想想你的沈青吧，她也不想你成为这样的人。"皮特说。

我终于沉沉地点了点头，阿福趁机凑过来说："苏秦，我要跟你详细地讲讲我们的逃跑计划，不过，首先你要配合玛莎按时吃药，不能再胡闹了。"

8

"鲁尼提克"试验中心的周围耸立着四层楼高的围墙，试验人员根本没办法爬上去。餐厅在试验中心的二楼，通过一台四百千克的杂物电梯与坐落在四楼的食品、药品仓库相连。食品、药品仓库是全试验中心的制高点。

"只要能到达食品、药品仓库，我们就能轻松地跳上围墙。"皮特说。

"可是围墙太高了，就算我们能登上去，怎么可能从上面直接跳下来？"我问。

"所以我们需要一架梯子。"阿福说。

"可我从来没有在试验中心见到过任何梯子。"我叹道。

"所以我们需要制作软梯。"皮特说。

"可是制作软梯需要绳子，绳子从哪里来呢？"我再问。

"你别忘了我们的大闸蟹，我在餐厅帮厨，只要能每天从绑螃蟹的绳子里抽出几根藏起来，很快就可以把做软梯的绳子凑足。"阿福说。

"你别忘了我是个水手，给绳子打结，制作软梯这种事太小儿科了，只要绳子足够，我甚至可以编一整张渔网出来。"皮特说。

"那需要我做什么？"我问。

"苏秦，你是一名机械工程师，我们需要你打开杂物电梯的门，短接一些电气安全保护装置，操作杂物电梯把我们送进食品、药品仓库。"阿福说。

"我们三个各司其职，一定可以顺利地从这里逃出去。来吧，为了我们重获自由而努力！"皮特将一只大手戳在我的面前。

"来吧，兄弟，咱们干一票，怯懦囚禁人的灵魂，希望的彼岸却闪耀着自由之光！"阿福说着，伸手盖在了皮特的手背上。

"好……好吧！我只有一个要求：带上艾伦，他已经做过一次切除手术，再也享受不到闲散自由的生活，他真是个可怜的人，带上他一起走吧！"说着，我也将手掌盖了上去。

"OK。苏秦，看得出来，你真是个情意深沉的人。"皮特说。

"那么现在，你需要走到玛莎面前，向她深刻地承认错误，最好咕咚咕咚地将你的药粒猛灌下去，争取早日俘获她的芳心，来后厨帮忙。"阿福说道。

9

我终于搬回了和艾伦在一起的寝室，第二天一早，我破天荒地向玛莎问候了早安。当时，我红着脸走过去，像提着一盏热灯笼似的凑在玛莎的面前。

"早安，玛莎！请给我一杯咖啡。"

"哼。"

玛莎忽闪着鼻翼，香肠嘴唇抽筋似的抖动了一下，冷冷地举起了咖啡壶。

"哦，不要加糖，谢谢玛莎！"我把咖啡杯举得老高，清了清嗓子说道，"别加糖，别加糖，你看那早晨围墙上，有一枚甜甜的红太阳。"

"嘿嘿。"

玛莎望向窗外，终于撇开了香肠嘴唇，皮笑肉不笑地离开了——你知道的，哄姑娘们开心并不难。皮特说得没错，在生活面前，我真是个深情的人。

午饭之后，我再次极配合地吞下了我的药粒。说真的，护士倒的白开水有一点烫，可看在爱情和自由的分上，我还是坚强地打开我的喉管，将它们一并吞了下去。生活可以过得懒散，但人活着需要一点奋不顾身的精神。

餐桌上，阿福和皮特放下手中的柔鱼，朝我眨眨眼睛。艾伦依然很投入地在和螃蟹壳较劲，伸出长舌头，将膏油一舐而净，丝毫没有察觉我们三个人的小动作。一周后，阿福试探性地向玛莎抱怨餐厅人手不够，需要晚饭后再找两个人到餐厅做帮工。

玛莎沉思了片刻，最后在我一团和气的红灯笼似的脸蛋上轻轻一戳："阿苏可以，还有，带上艾伦吧！"

事情简直顺利得出奇，我又想起阿福的话，生活里不只要有鸡血，偶尔的鸡贼，也能让人深深地体会幸福和快慰。

10

皮特很快开始了软梯的编结工作，每晚收工后，他和阿福一起偷偷地在口袋里塞一些绑大闸蟹的绳子回来，熄灯后便蒙在被子里将绳子编结起来。

这些年，商家为了追求暴利，每个螃蟹都像是被活捉的江洋大盗似的，用又粗又硬的绳子五花大绑着送过来。绳源充足，我们很快便凑足了制作软梯的材料。

我将三柄钢叉拧在一起，改装成一个杂物电梯门的开锁钥匙，又顺手偷了一个厨子的耳机线，充当控制柜电气装置的短接导线。在我们去帮厨的第五天晚上，皮特终于将编结好的软梯，装在垃圾车里，偷偷运进了餐厅。

深夜的餐厅，工作的气氛很轻松，大家忙着清洗蔬菜和水果，蒸螃蟹和柔鱼，没有人注意到我们的逃跑计划。杂物电梯停运之后，我偷偷溜到门外，用钢叉敲开了电闸盒，拆掉一条耳机线的包皮，跨接在锁梯回路上，然后用另外一条耳机线，短接了杂物电梯的电气安全回路。大功告成，我迅速向阿福和皮特示意，皮特从垃圾桶底掏出软梯，搭在肩膀上，随阿福钻进杂物电梯的井道，挤在轿厢顶上。

为了不引起周边人员的注意，我走到埋头工作的艾伦旁边，拍拍他的肩膀说："嗨，今晚的夜色很好，想不想去看看一轮新月？"

"没兴趣。"

"呃……可玛莎说让我们去检修一下杂物电梯的井道。"

"好吧！"

艾伦随我走出餐厅，钻进电梯的井道。

"好臭啊，这是什么味道？"艾伦问道。

"是这个软梯，皮特将它藏在了垃圾桶里。"阿福说道。

我打开轿厢上的检修操作装置，缓缓开启电梯。皮特耸了耸肩膀，指着软梯说道：

"嗨，兄弟，在通往自由的道路上，味道差得让人只想骂娘。可是渴望自由的人，心中却只有诗和远方。"

我和阿福听完哈哈大笑，艾伦仍面无表情地呆坐着。电梯终于到了食品、药品仓库，天窗之上，星空浩繁，一轮新月银光闪闪。

"终于要自由啦！"阿福高声喊道。

"不是说维修电梯井道吗，来这里做什么？！"艾伦大叫。

我抢着说道："小点声，艾伦！情况紧急，我长话短说，那个P+感应区切除手术不要去做了，拖延症要是被根除了，人类的生活也要被阉割，我们还是赶快——"

"你们是要准备逃跑吗？谁也不许动！"艾伦说罢，晃着膀子，亮出了他雄壮的肱二头肌。

"啊？玛莎？！"阿福大叫一声。

艾伦瞬间转头回望，阿福迅速抢下我手中的钢叉，向艾伦猛扑过去。

"不要啊——"

我话音未落，钢叉已深深地戳入艾伦的后颈，艾伦用大手按住受伤的脖子，正欲反抗，皮特却冲过来，将软梯绕在他身上，紧紧地勒住了他。

"刷刷刷！"阿福迅速展现了一个优秀厨子的基本功，片刻间，手起叉落，艾伦的后颈已被戳成蜂窝煤。

"啊——"

艾伦惨叫着倒在地上，忽然，他的脖子后面冒出几缕青烟，接着是电火花"嘭嘭嘭"爆裂的声音。

"啊？艾伦……艾伦居然是个机器人！"我大叫。

"我早发现丫不正常了。"阿福说道。

"你怎么知道的？"我反问。

"吃那么肥美的大闸蟹的时候，丫脸上居然没有一丝微笑。那个时候，我就断定丫绝不是正常人类，他是玛莎派在我们身边的机器人卧底。"阿福顿了顿，补充说道，"想想你上次假装吃药的事情吧，玛莎是怎么那么快就知道的？"

"什么根治拖延症，见鬼去吧！"皮特说着，朝冒烟的艾伦飞起一脚。

艾伦轰然倒地，瞬间爆出满屋灿烂的烟花。

"不好，要被人发现了，快跑。"阿福大叫。

我和皮特从冒烟的艾伦身上将软梯扒拉下来，阿福打开玻璃窗，迅速跳上试验中心的围墙。很快，仓库外传来一阵急促的脚步声，我似乎听到了玛莎歇斯底里的尖叫声：

"快抓住他们，别让他们三个跑了——"

情况紧急，我们手忙脚乱地将软梯的一边固定在围墙的铁栅栏上，阿福第一个攀了下去。仓库门"哐当"一声被撞开了，玛莎带着一群穿着白大褂的男护工杀气腾腾地冲了进来。

"皮特，你先下，我来断后！"我高喊。

皮特匆匆地攀下软梯，我连忙抓紧绳子，将双腿放在软梯上，可是已经来不及了，玛莎身后的那群白大褂一拥而上，像一只硕大的白色塑料袋似的向我猛套了过来，情急之中，我不顾一切地松开了双手，任由身体像一枚钢钉，结结实实地扎进无边的黑暗之中。

11

不知过了多久，我才醒过来。我发现自己被僵直地绑定在病床上，周身剧痛。一个穿着粉色套装的护士，拿着一枚针头缓缓向我走来。

"别再闹了啊，好好睡一觉就好了。"

她缓缓地将一管冰凉的液体推入我的体内，转身对身后的另一个护士轻声说道：

"9527床的病人真可怜，前几天带着女朋友在山上出了车祸，他受到过度惊吓，精神出了问题，每天都要在医院里闹一阵。"

窗外，夜空沉入星星的海洋，璀璨的新月爬上天际，像一只黄金的锚。睡意袭来，我的眼睛越来越模糊了。

春风沉醉的晚上

1

2013年2月29日夜晚11点48分，我和杨丽莹在中山东路的钟楼下分手，结束了长达八年的感情生活，从此老死不相往来。

2

那晚，月亮瘦得形销骨立，却出奇闪亮，像一把镰刀，像一个问号，像一抹死不瞑目的微笑。

杨丽莹说："苏秦，你死心吧，咱俩真没戏了。"

我问："为什么？家里不同意，还是我哪里做得不好？"

杨丽莹说："我有其他人了。"

我问："什么人？我怎么不知道？八年了，抗战都能打下来了……"

杨丽莹说："你省省吧，我再也不想听你扯了！"

我问："我还有希望吗？"

杨丽莹说："我走了，你好自为之吧！"

我当街大喊起来："杨丽莹，你不怕我去死吗？！"

杨丽莹转过头，不带丝毫表情地说："苏秦，别让我一辈子瞧不起你，行吗？"

3

傍晚接到杨丽莹电话时，我特意去买了一枚钻戒，准备那晚当街向她求婚。可惜人类一思考，上帝就发笑。阿甘不是说了吗，生命就像一盒巧克力，你永远不知道下一块会是哪种。

杨丽莹再没转身看我一眼，她用高跟鞋在回廊里敲击出一串响亮的音符，"当当当当"，像一排华丽而讽刺的感叹号。

我将戒指紧紧地攥在手心里，钻石顶在掌心，瞬间就把手掌刺破了——在我的感情线上，浓稠的血浆像红艳的花朵一样洇开，渐渐汇聚成琥珀大小的一滴。我迫不及待地掏出手机想打给杨丽莹，想给她唱一首《掌心》——当年我在一家泰国菜馆向她表白，放的就是这首《掌心》。

"摊开你的掌心，让我看看你，玄之又玄的秘密……"

手机那头是长久的忙音，我瞬间放弃了唱歌的打算。那一刻我觉得我的心好凉，我觉得我活得好贱。

4

手机飞到半空中时，发出"惊厥"的尖啸——可惜太晚了，它已经被我扔了出去，砸在脚下的河面上，泛着白色的光亮，迅速下沉。

"会不会是杨丽莹反悔了，又打了过来？"

我恶俗的想象力，迫不及待地给了我的人生尊严一记响亮的耳光。

"要不要跳下河去马上捞起来？"

"可是我不会游泳！"

"春水会不会寒彻骨髓？"

"我只想问问杨丽莹，八年来你是否真的爱过我。"

5

那年春天，我辞了工作，换了房子，永远地离开了这座城市，我想我这辈子再也不会爱了。

6

我的新房东是一名在读博士，雌性。

Sorry，请原谅我用这样一个"科技属性"的词汇来形容我的房东——她是一名作风严谨的物理学博士，一身肥厚祥和的居家服，彻底掩盖了她上半身的女性气息，所以我用"雌性"来标注她的性别，更符合她的职业身份与实际气质。

头次见面时，我问她："Doctor Li，你具体是什么专业的？"

Dr. Li说："生物物理和软凝聚态。"

我说："好高深，听上去像提取某种动物脂肪制作成唇膏的行当。"

Dr. Li说："差不多。"

她随即扔给我一本全英文杂志*Nature Nanotechnology*，我看了前三段，只认得一个"We"和一个"Chinese"，然后甩回给她，装作若有所思地问："具体是做什么研究的？"

Dr. Li说："纳米技术、微电子物理、神经元各种……"

我说："你能说点人话吗？别老让我感觉自己像个白痴，好吗？"

Dr. Li莞尔一笑："我是研究'低特生命体'的，你真想听吗？"

我双手托腮，装作十分好奇的样子，在春风里，极为妥帖地笑成了一个岁月静好的傻瓜。

Dr. Li说："说白了就是研究死人的，将死的、刚死的、物理生命特性还在的那种。"

　　虽然汗毛孔立即狰狞地尖啸起来，我还是故作高深地笑道："其实，我也是跟死人打交道的。"

　　Dr. Li说："你做什么的？"

　　我说："我是个三流爱情小说写手，每次都把故事的女主角写得很惨，赚点儿读者微薄的眼泪，卖点儿钱花。我的手段拙劣，除了弄死女主角想不到任何打动观众的办法。你说，我算不算跟死人打交道的？"

　　Dr. Li捂着肚子，乐不可支。最后她倒出一口气，说："苏秦，有一天，你不会把我也写进你的小说吧？"

　　我打量了一下她那让人提不起任何欲望的上半身，惨淡地笑了笑，问道："你想怎么个死法？"

7

　　Dr. Li坚持说，她的研究只能在夜间完成，因为这个时间"低特生命体"量子级数完整，低压特性稳定，便于交流和数据分析。

　　其实，之前我一直认为她是在信口开河，以之作为一种秒杀我智商的鄙视方式。我不想当面拆穿她，就像她有时也会假装热情地跟我沟通小说中的角色一样，这是作为人类，一种起码的彼此伪装却惺惺相惜的生存法则，一种例行公事的存在仪式，也是一种以苦逼对抗寂寞的灵魂苟合。

好吧，我辞职之后，白天常常长睡不醒，唯一能干的一点正事，就是晚上写写小说。时间一长，我干脆也整夜写作或者整夜和Dr. Li瞎扯了。对了，她已经不让我叫她Doctor，一律简称Lily——这当然不能证明我们的关系更进了一步，事实上，Lily给我的诱惑，甚至抵不上这种无聊长夜的一点点寂寞。

奇怪的是，我再没想起过杨丽莹，虽然，手掌的伤口一直没有完全愈合。

8

为了不拆穿Lily的伪装，有时候我不得不配合她，假装好奇地问一些貌似高深的问题。比如，有一次，我文思全无，喝水、憋尿，甚至在厕所里打飞机都没有丝毫效果，于是坐在Lily的身边，装作关切地问道："你们这个研究，时间掌控很重要吧？"

Lily说："嗯，一般低特生命体的存活周期只有几十天，最长也就四十九天，每七天一个半衰期，到了最后，这些生命体会变得精神恍惚。我必须争分夺秒地抓紧研究。"

好吧，Lily，算你狠！

我差点笑出声来。我说："那么，它们好玩吗？"

Lily说："跟我们人类一样啊！他们也有情感，有记忆，有思考，甚至还有幽默感和流氓情怀。"

我忍不住追问："那要是一位帅哥，你不会爱上他吧？"

Lily说："不会的，我们这行有职业道德的。再说，我怕成了爱情戏，被你写进小说折腾得不得安宁。"

说罢，Lily笑起来，那笑声极为扭曲纤细，像用一根钢锯条将整个房间锯开了似的。

9

有一次，Lily还主动找我搭话。她把我的笔记本一把抢过来，放在胸前——对不起，我看不到她的胸，只能说大约是在胸部位置的前侧，然后开始大声地朗读我的小说：

"我手握着尼科尔斯船长的阳具，那是在1873年他死在马贩巷时留下的珍贵遗物……"

Lily忽然瞪大眼睛说："嘿，苏秦，你这是在向麦克尤恩的《立体几何》致敬吗？"

她的学识远远超乎我的意料，我开始对她的物理学博士学位充满敬畏。我说："是啊！你也喜欢麦克尤恩？"

她说："是的！除了麦克尤恩，我还喜欢亨利·米勒、布考斯基、詹姆斯·乔伊斯、凯鲁亚克、伍迪·艾伦……"

我说："这究竟是怎么回事？你怎么会和我一样，全部喜欢老流氓？"

10

你们有没有遭遇过这样的姑娘？

虽然天各一方，素昧平生，可是不管聊到什么话题，都目光一致、喜好相投，亲切得就像光着屁股在一个被窝里长大的。

这简直就是赤裸裸的缘分！比如说，我喜欢英国老派的摇滚乐队，Lily就会说"The who"是她的最爱。

又比如，我说，我最喜欢的小说是《乞力马扎罗的雪》。Lily则会说，一想到海明威给自己贴胸毛的样子就觉得性感得要命！

还比如说，我有一次看卓别林的默片正看得起劲，Lily忽然就夺下我的笔记本，开始絮絮叨叨地说："你怎么会喜欢卓别林？卓别林大叔是变态萝莉控你知道吗？他一辈子结过四次婚，两次都是未满十六岁的少女。其中格林六岁的时候就被卓别林看上了，大叔一直等她长到十五岁，到了十六岁，格林怀孕了，大叔居然诚恳地建议格林跳火车自尽吧！最后一个老婆叫奥尼尔，也是在她十七岁时被看上的，熬了一年到了法定的成年年龄，才被大叔折腾回家。"

我接过来说："卓别林大叔的艳事我怎么能不知道呢？你知道吗，他喜欢在做爱前大段大段地背诵《查泰莱夫人的情人》和《芬妮·希尔回忆录》。那个年代演喜剧，他亏大了，要是能去拍爱情动作片，一定更物尽其用、物超所值。"

一口气说完，我和Lily哈哈大笑起来。默契到了这份上，不开瓶香槟同仇敌忾，太不过瘾了。Lily翻箱倒柜找出半瓶满是风尘的红酒。

我问："还能喝吗？这是你十六岁生日Party剩下的吧？"

Lily说："怕什么，我都不怕，你怕吗？"

我抢过酒瓶，拽开塞子，一口气把红酒喝了个精光，然后一抹嘴，大叫一声："敬卓别林这个老流氓！"

忽然，我问Lily："你投身科学事业，整日窝在家里做研究，寂寞吗？"

Lily说："你有没有觉得活着是一件好无聊的事情？"

11

也许是那晚的夜色太过俊美，也许是十里春风太过柔情，也许是因为腹中陈年的酒，也许要怪罪头顶浩繁的星，也许什么也不因为，就是长夜里的那一点点琐碎的寂寞，Lily笑起来，贫血似的脸色，苍白，有一种别样的丝滑，那笑容香香的，像洁白的纳爱斯。

我在双唇碰触时第一次接触到了她的舌尖。

夜晚变成一把折叠的伞，变成一条漂泊的船，变成一个颤巍巍地泛着艳光的港湾。

Lily终于把我吸进了身体里。

她开始窸窸窣窣地脱衣服。

我说："你是B还是C？"

她说："我们不纠缠肉身，只扭曲灵魂吧！"

说罢，她把我吸得好深好深。

12

夜里，我搂着Lily。

我说："你知道吗，小野洋子在伦敦办艺术展览，她有部作品需要爬上梯子用放大镜看。洋子暗中发誓，要爱上第一个爬上梯子的男人。结果列侬第一个上去了，上面用极小的字母写着'Yes'！怎么样，这简直是颠倒众生的爱情桥段！"

我说："列侬说过，他不惧怕死亡，那只是从一辆汽车上换到另一辆汽车上。"

我说："我们说好的，只做爱，不相爱，好吗？"

我说："你觉得我这么说，是不是也像个老流氓？"

我说……

Lily插话说："快睡吧，苏秦，你会很累的。"

13

那是我从未经历过的疲惫，整个白天，阳光晃得我睁不开眼，到了晚上，虽然头痛，却无法安眠。

Lily问起我是不是特别留恋过什么姑娘。

我本来想笑笑敷衍过去，可惜没忍住，便跟她分享了和杨丽莹的所有故事。出乎我的意料，Lily居然听得掉下了眼泪，她问我："你手上的伤口长好了吗？"

我说："真是奇怪，我来你这里一个半月了吧，伤口每天愈合后又会张开，像一张会呼吸的嘴巴。"

我说，我跟杨丽莹那狗血的段子都是编来骗你的，你别哭了，手是干活的时候割破的，我其实也不是什么三流小说家，我是工地上做小工的。

Lily说："你骗不了我，你的眼睛都告诉我啦！"

我暗暗地想，我是不是该从这里滚蛋了？你说我对Lily有什么特殊感情和肉体的依赖吗？我只是不想这么一个善良单纯的姑娘，每天在我的故事里，痛心得不能自拔。

好吧，我想我还是早点滚蛋吧！

14

想来是因为前一餐吃坏了肚子，Lily忽然发起烧来。我也头晕得直恶心。我找来条毯子，搭在Lily的身上，又从药箱里翻出退烧药喂她服下。烧了整整两大壶开水，放在卫生间里。

Lily就瘫睡在客厅的沙发上，已经到了四月底，粉白的樱花从窗外树枝上飘下来，滑过Lily细长的头发，她的样子美极了。我掏出藏在口袋里的戒指，轻轻地戴在Lily的小指上。

　　一个多月没有任何收入，这就算我的房费，算我的一点小小补偿吧！我推开门时，Lily醒了过来，她快步走上来，从背后紧紧地搂着我。

　　"苏秦，你这就要走了吗？"

　　"是的。Lily，忘了我吧，我只是一个没心没肺的浑蛋。"

　　"苏秦，你是个好人。"

　　"是吗？我从来没这么觉得过。"

　　Lily轻轻地为我整理衣领，用低沉而纤细的声音抽泣着。

　　她说："苏秦，我见到你的第一天，你浮在河面上，手中紧紧地攥着这枚戒指和你的手机，在水中闪闪发亮。"

安娜与安娜

题记：

安娜说：“苏秦，你知道吗，你不是浑蛋，你是浑蛋中的浑蛋！”

说罢，她拉上窗帘，黑暗像装在罐子里的油漆一样，倒灌下来，瞬间注满了整个房间。

1

夏天伊始，我和安娜把轻薄的瑜伽垫搬到码头外的沙滩上。月亮很早就从潮声中爬了起来，海风细软，在脚趾缝间钻来钻去。等到月光铺满整个沙滩，我便和安娜并排躺在瑜伽垫上。

西边天空最先出现的是狮子座，接着南方会出现天蝎座，然后是东面的人马座，接着是处女座……当然，星座并不重要，重要的是我会和安娜在星空下亲热。幕天席地，我一遍遍亲吻安娜的身体，如同海风一遍遍卷起海潮。有时我们会拥抱着，在沙滩上打滚，沙子灌进耳道，哗哗直响。

整个过程，安娜都极为安静，有时我会把巨大而滚热的汗水滴落在她的额角上，待我为她拭去时，她仍是一脸微笑地仰望着星空，仿佛陷入深思，陷入对造物的幻想。

等到很晚很晚的夜里，海面上会发出深邃的呻吟声，北冕座已爬上天顶，明亮得如镶满宝石的皇冠，戴在我们的头顶。

2

我来伍山码头开吊机已经一个月了。日子起初很无聊，后来，我发了一笔"不义之财"，数额虽不大，却足以让我从网上淘来一些开心的玩意儿。

那年我才二十四岁，还算青春，胡子长得飞快，几天不刮就黑茬茬一片。这之前，我在一家公司做销售，每天的工作就是言不由衷地说各种谎话，用以获取微薄的收入。当时我在小报上发表过一些小说，我对自己说，该去外面走走，就算为了艺术，体验生活。当然我不敢跟父母说实话，只说外地有同学让我去那边工作，待遇还不错，我想出去闯闯。

从家里跑出来，我晃晃悠悠地向南走着。事实上没走多远，我就决定要住下来。那天在伍山码头，天蓝得不像话，大团大团的白云，饱满得像维多利亚时期的油画。海水呈现一种艳俗的深蓝色，细浪翻滚，如同褶皱的牛仔裤上磨出的白色毛边。这画面立刻让我决定留下来。当然这不是最主要的原因，我决定留下来，是因为我发现口袋里已经没钱了。

3

码头老板将我安排在他临近沙滩的旧宅中。这里显然已长久没人居住：棕绷床上落了一层尘土，布艺沙发也皮开肉绽。电视机里，每个频道都下着雪花，冰箱一通电，就发出拖拉机一般的轰鸣。

老板扔给我一个瑜伽垫，他说，这是他女儿安娜去英国留学之前留下的。要是夜里觉得闷热，可以搬着垫子去海边睡，那里很凉快。后来，我真的每晚都会来到海边，一手提着瑜伽垫，一手搂着安娜，在缀满繁星的夜空下，肆无忌惮地挥霍青春，然后在寂寞而无聊的长夜里，沉沉睡下。

我的工作就是每天驾驶一辆码头吊车，把靠岸的拉沙船上的沙子卸到码头，等着工地的翻斗车驶来，再一抓斗一抓斗地将沙子装车运走。

我的工作很简单，每天机械地吞吐着黄沙，就像一个巨大而涩滞的胃囊。家里打来电话问我过得如何，我说很好，新公司给配了车和公寓，说不定很快还会有一名秘书。

4

安娜回国之前，毛豆是我在沙场里唯一的朋友。

毛豆那年六岁，他老爹也在沙场开吊车。据他老爹说，毛豆出生时难产，大脑缺氧时间过长，所以有一点智力低下。

那阵子，毛豆刚刚到了换牙的年纪，一对门牙豁然脱落，讲话时漏气漏得像鼓风机般呼呼生风。他总叫我"奥松"（宁波土话，大叔）。

后来，安娜在暑期回国，毛豆叫她"大阿嫁"（宁波土话，姐姐）。

于是，安娜问起我名字的时候，我就简单而得意地回答，你跟着毛豆喊我"奥松"好啦！

安娜说："叫你大叔啊？你有那么老吗？我猜你不过二十五岁吧！我叫安娜，大叔你叫啥？"

我说："我叫苏秦，苏东坡的苏，秦少游的秦。"

安娜说："大叔你还挺文艺的哈，你也写诗吗？"

我说："我偶尔写点小说。"

我巴望着安娜能说出些"拜读作品"之类的客气话来，好将这个话题继续下去。谁知道她竟靠在门扇上，慢悠悠地掏出一支香烟，熟练地衔在唇角。

她说，家里太闷了，跑出来透口气。我本来想听她讲讲英国留学的趣事，可是，看她抽烟时那股妖娆的劲头，旋即放弃了自己的想法。

5

有天夜里，安娜又跑来我这儿，她说要检查当日的现金流水。

已经到了春天的尾巴，天气热得毫无分寸感。安娜穿着一条灯芯绒的棕色短裤，一件白色T恤，看上去像一支蛋筒冰激凌。她的胸部耸拔而结实，内衣上的蕾丝花纹从T恤里映出来，仿佛一种内画鼻烟壶的工艺，生动诱人。

安娜让我帮她一个忙，确切地说是帮她小姐妹一个忙。

她说她的一个小姐妹意外怀孕了，男方不认账。孩子要流掉，必须男方签字，需要我到医院出现一下。

我问："为什么是小姐妹不是女同学？"

安娜说："小姐妹就是女同学的意思！"

我问："那是不是英国鬼子的种？"

安娜说："苏秦，你想多了。"

我问："那我做了对我有什么好处？"

安娜说："苏秦，你到底帮还是不帮？"

等我赶到医院签字的时候，出了点小状况，安娜小姐妹的哥哥居然也跑到了医院，他气急败坏地揍了我两拳，其中一拳打在我左侧的眼角上，登时鲜血直流。

这位哥哥被保安制服以后，我握着笔的手开始不听使唤地抖动起来。

安娜说："至于吗？一个大老爷们儿，被揍几拳就吓成这样。"

我说："我不是害怕，是一下笔，这孩子就没了，本来好好的一条生命。"

安娜趁着医生走开的间隙，飞快地夺过我手中的笔，签上了我的名字。

走出医院的时候，我的眼角还在淌血，安娜从钱包里掏出一千元钱递给我说："辛苦了，这次谢谢你！"然后，她大步流星地消失在人群中。

6

因为发了一笔"不义之财"，我在镇上的网吧里玩了一会儿，淘了一点宝贝，然后买了几本小说，赶回沙场时已经到了黄昏。

毛豆跟几个小孩在沙场里跑着玩，不一会儿就传来打斗的叫喊声。

我本来懒得去管，不过毛豆的喊声越来越大，我还是没忍住冲了过去，正撞上毛豆被一高一矮两个胖墩骑在身上一阵乱揍。白天的屈辱感一股脑儿冲上头顶，我拽开两个胖墩，一人送上一记飞脚，踹出一米开外，然后拽起毛豆，头也不回地走向海滩。

毛豆说："'奥松'，原来你武功这么高强？"

我问："毛豆，你今天为啥被打？"

毛豆说："他们两个说安娜姐姐的坏话。"

我说："什么坏话？"

毛豆说："他们说安娜'大阿嫁'其实没在英国留学，她是在广东的酒店做小姐。"

我顿了顿，慢慢问毛豆："你知道什么是小姐吗？"

毛豆说："不知道。"

我问："那你为什么跟人家打架？"

毛豆说："'大阿嫁'本来就是在英国读书的啊！'奥松'，你武功这么好，教教我行吗？"

我说："好的！"

毛豆又问："'奥松'，你眼角怎么破了？"

我说："练功时受了点儿轻伤，不要紧。"

毛豆说："我不怕受伤，我要像'奥松'一样武功高强。"

7

那天夜里，我开始动笔写一篇小说，题目暂定为《卢瑟与卢瑟》。

我在小说里写，人要想活下去，必须适应这个世界的生存法则，成为一名伟大的失败者或者扯谎者，再不然就好好地做个傻子。

我的心里一片死灰，直到半月后开始和安娜在海滩上肆无忌惮地亲热，才慢慢地变得好一些。

安娜从镇上回来后，隔天就跑来看我，她带来一只炖土鸡。我一边拆鸡骨头，一边跟她讲了我的小说构思，又捎带着聊了一会儿狄更斯、拜伦、阿加莎·克里斯蒂和莎士比亚，她只简单地说了句："莎士比亚写得还成。"又开始靠着门扇熟练地抽烟，完全是一副"乃不知有汉，无论魏晋"的世外高人模样。

末了，我问："你广东有朋友吗？我跑出来时，骗家里说是去广东上班，现在过了一个月我想寄点特产回去，你能帮忙联系吗？"

安娜说："可以啊，没问题啦！"

我说："那我先给你钱！"

安娜问："你要买什么？"

我说："桂圆干、龟苓膏一类的食品吧！"

安娜爽快地笑着说："买那些玩意儿不要钱，吓我一跳。你说得那么正式，我还以为你丫要买黄飞鸿呢！"

8

夏天，大片的云团在伍山码头的海面上方集结，如外星球奇幻的战舰一般壮丽。

我答应毛豆带他练功之后，每天早上，毛豆便准时起床叫醒我，在海天一色的靛蓝中一起在沙滩上跑步。

我开始教毛豆练习我胡编乱造的截拳道功法，后来，我好为人师的精神全面爆发，索性从网上买来一本李小龙的《截拳道之道》，一边自己研究，一边为毛豆传道授业。

毛豆对这本武功秘籍大为好奇，于是，我不拉沙子的时候，就给他念上几段，毛豆听得入神，眼睛眯成一条缝隙，似乎很快就领会了截拳道的精要。

日子过得飞快，转眼就到了八月中旬，安娜很快就要过完暑假，返回英国。

那天傍晚，她带了两个西瓜，跑到我这里来抽烟。我正跟她有一搭没一搭地胡侃着，忽然听到沙场里有小孩子的叫喊声。我起初以为又是那两个胖墩欺负毛豆，便懒得跑出去搭理，可是那呼喊声越来越大，歇斯底里的，让人觉得很抓狂。

我和安娜先后跑出屋子，远远地看见毛豆在潮水里挣扎。

一个胖墩说："毛豆非要到礁岩上给我们表演截拳道，结果潮涨了，把他淹啦！"

我正要脱了衣服跳进海里，安娜一把拉住我说："潮太大啦，你吃不消的，找水手吧？"

我挣脱安娜，一个猛子就扎进海潮中。

9

毛豆被我托上来时，已经没有了心跳，脸色铁青，浑身瘫软。

安娜将他平铺在沙滩上，我用右手托住他的颈部，左手摆正他的头部。安娜俯下身，开始口对口有节奏地为他做人工呼吸。她的手法很特别，力度适中，一看就是受过专业训练的。

四分钟后，毛豆呛出第一口海水来，然后是眼泪、鼻涕，甚至还放出一声舒缓的长屁。

安娜喜极而泣。

毛豆被送回家后，黄昏还没有褪净。夕阳斜挂在树杈子上，仿若一条招展的红裤衩。我冲完澡走出卫生间时，正看到安娜在翻看我的小说。

安娜说："苏秦，看不出你还挺有才的啊，会写这种破玩意儿！"

我说："怎么了？"

安娜说："没怎么，挺好，人活着都得说谎。要不是赶着开学，我还想再多陪你待几天。"

我笑了笑说："安娜，到现在，你还觉得我信你在英国留学的事情吗？"

安娜的脸上涌出一片红热，她转过身，问道："好热啊，你这里有棒冰吗？"随即一把拉开冰箱门。

要知道那架冰箱一插电就如同拖拉机一般拉风，平时我都把它作为储物柜用。

安娜拉开冰箱后，杏眼圆睁地瞪向我，怒道，"苏秦，这个充气娃娃是你藏在这里的？你丫就是个浑蛋！"

我一边擦干头发，一边慢条斯理地回答："安娜，这还是用上回你给我的一千元钱买的哪！所以，我就用你的名字命名了她。"

安娜说："苏秦，你知道吗？你不是浑蛋，你是浑蛋中的浑蛋！"

说罢，她拉上窗帘，黑暗像装在罐子里的油漆一样，倒灌下来，瞬间注满了整个房间。

10

我们终于在漆黑的夜晚拥有了对方，整个过程，安娜一直叫得十分大声。她的胸并不像想象中的那么巨大而结实，是那两坨"乘桴浮于海"的海绵垫欺骗了我。

完事后，我抽了一支烟。

安娜问我："你是不是一直都会抽烟？"

我说："嗯，不想破坏在你眼里的形象。"

安娜说："你丫就是个骗子。"

我问："是不是刚刚我在海里的时候，你喜欢上了我？"

安娜说："要更早一点儿，在你拿着签字笔发抖的时候，我看见你哭了。"

海风掀起了窗帘的一角，透过窗子，我看见北冕座已爬上天顶，明亮得如镶满宝石的皇冠，戴在我们的头顶。

11

小说《卢瑟与卢瑟》最终得以发表。编辑说，还是换成《安娜与安娜》这个名字，更有文艺腔。我说，好吧，"安娜与安娜"听上去更像一个温暖的笑话。

安娜最终选择继续去"英国"完成学业。我把武功秘籍和另外一个"安娜"送给了毛豆，也匆匆踏上了征程。

离开伍山码头的那一天，海面呈现一片明澈的湖蓝色，毛豆躬身坐着"安娜"浮在水面上，像一张饱满的风帆。

阳光下，他朝我傻傻地笑着，我看到他粉色的牙龈上，已生出一对嫩白的牙芽。

我曾和美智子单薄地相爱过

题记：

我曾和美智子单薄地相爱过。

单薄得仿佛冬天早晨的雾气，在日出之后，随风散尽。

二十八岁的时候，我故作老成，我假装快乐，我晃晃悠悠，我无所事事，我不假思索地死去，我不计前嫌地活着。

美智子飞离的那一天，天空有一团紫色的云。

我和喀秋莎坐在机场草坪边的石凳上，喀秋莎翘着尾巴仰望天空，仿佛在行一种庄严的注目礼。飞机轰鸣着冲上云端，划过喀秋莎的双瞳，长久地消逝在紫色的云团里。

睡在地铁工程项目部外的简易工房里，玩手机成了我唯一的娱乐活动：浏览网页、聊微信抑或听听网络收音机，仅此而已。

我的工作很单调。作为一名电气工程师，早上八点半我准时进入地下，安装、调试机车接触网设备，运气好时，傍晚六点之前就能走出来重见天日；运气差时，会再晚一点儿出来，最晚会熬到晚上十一点，赶在地铁站工地锁门之前。

其实，出来得早晚并没有太大差别，反正我也是晃晃悠悠地活着。

出来得早晚和运气也并无直接关系，我习惯这么说，将很多不相干的事情归结于运气，你知道，这就像我习惯于无所事事地活着。

美智子曾夸赞过我的厨艺。

那一次，在美智子租住的房间里，她做了日式的煎饼，我包了茴香肉馅的水饺。喀秋莎吃完水饺，将瓷碟舔得透亮，跳上床头摇着尾巴。

冬天的暖阳从窗帘的罅隙挤进房间，在美智子的脸上涂画出一个干净的微笑，她说："真好！"

其实，我一直不知道，她说的"真好"，是阳光，是午后，还是我或者喀秋莎。

那些夜晚，我常在网络电台听一个叫作《且听风吟》的广播节目打发时间。

节目里，女主播每晚都会念一些听众的来信，信件是某人写给曾经的某人、未来的某人或者根本不存在的某人的，是某人要对某人表达某种私密的情感的。

这事情原本就荒诞，譬如我暗恋你，你不知道。我写信给电台，寄件人署名是我，收件人署名是你。然后由女主播朗诵我们的故事——天晓得你是否能听见，反正全世界都能听见。

比荒诞更无趣的是，节目的配乐只有两首，在情绪低潮时，会播放一段石进的《夜的钢琴曲》；到了高潮，则插入一段《菊次郎的夏天》的钢琴曲，如此往复，无始无终。

比无趣更无聊的是，我居然蜷在被子里，没心没肺地听了好几个月。

那时，冬天的脚步已沉重，西北风尖啸着，在窗外的夜空尖利地划出一道道口子。

我下定决心，和这个广播节目彻底决裂，不管下一个故事是什么，到了十一点钟，立即蒙头睡下，自此切断电波，一拍两散。

最后那一段故事居然不是关于暗恋的，而是一个名叫"陈燕"的小女孩写给她父亲的，大意是，小女孩的父亲因为滥赌抛弃了她和妈妈。妈妈在地铁站做工，因为长期精神恍惚，有一次不小心从站台上坠落，被机车碾轧致死。

在冬天的热被窝里听到这样凄楚的事，总让人感到浑身不自在。即便我尚有兴趣继续关注小女孩是否找到了父亲，可已经决定了不再听下去，到了蒙头大睡的时间，"兴趣"这件小事，显得微不足道。我说过，不假思索地死去，不计前嫌地活着，正是我的风格。

我很早就在地铁的工地里留意过一个女孩。

那时，她常穿一件白色的短款羽绒服，戴着白色的口罩。马尾辫从白色安全帽的尾端伸出，她的肤色很白。总之，她看上去就像一盏精致的青白釉瓷器。

那双夹在白色口罩与白色帽檐之间的眼睛乌黑发亮，像两潭深邃的秋水。

"她是调试安全监控设备的日本专家。"

"哦！"

"她一般很晚才下班。"

"哦！"

我向地铁站的保安打听了她的消息。

那些和那双乌黑发亮的眼睛相撞的日子，会莫名地让人变得兴奋起来。

我不再收听那个网络电台，每晚，我都会在决定好的时间准时睡下，精准得像一只闹钟。

冬天的太阳就像冬天的热被窝一样慵懒。

如果早上迟到，就意味着我要在晚上加班才能完成当天的工作。如果晚上加班能够偶然撞到那双乌黑发亮的眼睛，我又何乐而不为呢？

勇敢的人生，应该拥有一场说睡就睡的回笼觉和一次奋不顾身的迟到。

我对自己说，你值得拥有！

在我正式认识美智子之前，我曾有幸目睹过她的容颜。那掩在口罩下面的鼻、唇，如我想象中一样美好。

那是一个周末的午后，我去书店打算买两本《简明日本语》。在阅读区的座位上，我发现了美智子。她正坐在角落里翻看一本小说，很安静。

我倚在书架旁，远远地看着她，仿佛暖着一杯握在手中的咖啡。

"是卡尔维诺的《寒冬夜行人》，在一楼的1183书柜。"

"谢谢！"

我排在美智子身后的身后，在她付完账后，赶过去向售货员打听她购书的信息，并且飞奔到书柜买了同样的一本。

你可曾在夜晚的地铁工地漫步？

站台尚未完工，你不必担心有机车飞驰而过。城市已然熟睡，你就像行走在他空荡的腹腔中。

深邃的通道里，间或有灯亮着。浮游的尘埃，在灯光的微茫里聚散，仿佛大地的喘息。

美智子的国语比我想象的要好得多。

这自然为我们的顺利交往铺平了道路。后来我才知道，她的父亲其实是中国人。

"混血儿，难怪会这么漂亮！"

我和美智子曾经多次漫步在夜晚的地铁站里。

起初是偶遇，后来我发现，只要加班熬到十一点锁门之前，就一定能遇到她。

甚至有一次，为了见她，我在半路上守株待兔，居然错过了锁门的时间。

远远地，我看见了美智子的影子。她的脚步坚定，似乎完全没将大门已锁这件事情放在心上。

"你可真是敬业，熬到了这个时候才出来！"

"你还不是一样？"

"我只是偶尔才会加班，不像你，天天这么勤快。"

"我是做安全工作的，丝毫不能大意，希望我的努力能为今后的安全运行尽一点点力。"

"保安已经下班了，怎样才能走出去？"

"向前三站地，是换乘中转站，那里通宵不锁门——如果你不嫌远！"

"当然！"

我和美智子在尚未完工的隧道里穿行，零星有灯光亮着。在我手指碰触她手指的瞬间，隧道里会忽然划过闪电。毫无征兆地，她竟攥紧了我的手，她的手掌冰凉，一瞬间冻结了我所有的想象。

"经常一个人这么走？"

"嘿！"

"说点什么吧？随便说点什么都行！我觉得这个时候，只有哈气最温暖。"

"嗨！说说我的故乡吧！"

"东京吗？"

"在大阪。那里比这里要冷一点，冬天来得很早，不过秋天美极了。"

"是樱花吗？"

"不是，樱花在春天开放。秋天是银杏。金灿灿的一树一树。树叶在秋风里飘得漫天都是，像上方舞里飞扬的折扇。"

"那一定很美。"

"美极了！美得让人随时都想醉死。"

走出隧道口时，美智子摘下口罩，深吸了一口冬夜里的空气，似乎还陶醉在大阪的秋色之中。

"来一支！"美智子抽出一支Caster，熟练地衔在自己的嘴角，点燃后，又掏出一支递给我。

"还不会！"

"工程师熬夜工作，怎么能不会抽烟？"不由分说，美智子便将香烟递了过来。

我深吸了一口，那烟里居然有一股奶油的香味。我抬眼望向美智子，她将夹烟的手指举得老高，燃烧的火光似乎与星光化为一体。

"是不是在我第一次抽烟的时候就喜欢上了我？"很多天之后，我问美智子。

"不是，要更早一点，在隧道里。"美智子说。

我问："那是什么时候？"

美智子说："就在你说喜欢和我这样一路走下去的时候。你说，你一直喜欢一部卡尔维诺的小说，叫作《寒冬夜行人》，你说就好像我们现在——你这个在书店里偷瞄人家的家伙！"

美智子很少向我提及她的家人，我也一直没有问过。只是有一次，她说，小时候常常吃不上饭，尤其在冬天的晚上，偶尔还会饿醒。

我决定给她包一顿茴香肉馅的饺子以驱散她童年的饥饿记忆。

在她的出租房里，她向我介绍了她的"妹妹"——一只紫色眼睛的波斯小猫，她叫它喀秋莎。

喀秋莎吃完我做的水饺后跳上床头，摇着尾巴。

我第一次吻了美智子的唇，香香的，咸咸的，有一股茴香苗的味道。

美智子在午后的阳光里微笑，她的笑容干净得一尘不染。我想起美智子曾说起的大阪秋色，那种迷醉的感觉，让人觉得分外的不真实，不舍得，不愿再醒过来。

美智子送我一把房门的钥匙，我因此成了这个房间的常客。

喀秋莎也很开心，除了能吃到好吃的饺子之外，她把沙发丢给了我，自己睡进了女主人温暖的被窝。

我和美智子曾经单薄地相爱过，在寒夜的隧道，在冬日的午后，在她言说过的大阪秋天里，仿佛一团哈气，一粒暖阳，一把摇曳的上方舞折扇。

元旦的时候，我因为工作表现积极，被评为当年的先进工作者。

那年的雨水特别大。

元旦之后，又下了一场大暴雨，南方在这个时候一贯多雨，这并不奇怪。

项目部在早上收到消息，部分站点因为塌方要立即抢修。

塌方出现在清晨，施工的队伍尚未进驻，因此，人员伤亡极少。

人们一直很不解，为什么那个日本工程师会那么早进入工地。因为涉及国际问题，伤亡的情况并未像往常那样被隐瞒下来，那位日本工程师的尸体也在第一时间被运送回国。

美智子飞离的那一天，我和喀秋莎就坐在机场草坪边的石凳上，喀秋莎翘着尾巴仰望天空，仿佛在行一种庄严的注目礼。飞机轰鸣着冲上天空，喀秋莎的双瞳里有一个紫色的云团。

　　地铁在预定的时间准时贯通运行，所有安全监控装置运行良好。

　　再没有人会记起这里曾有一名日本女工程师；

　　再没有人会于寒冬的午夜在地铁的隧道中穿行；

　　再没有人说起关于"美智子"的一切。

　　偶尔，在换乘站的夜晚，有人会看到一个抱着紫色眼睛波斯猫的男人在台阶上抽烟。他会将夹着香烟的手指高举，直到火光化成星光点点。

　　我的书架上一直有两本卡尔维诺，一本署名陈燕，一本署名美智子，她们像一对寒冬夜行人。

我来到这个世界上，仅是为了和你相遇

题记：

    生命诚如一次茫然的远航，虽然有目的地，但未必能到达。虽然未必能到达，但我们终究不会放弃目的地。

1

    十一月的桥头，阴风朔朔。人们排着整齐的队伍，望向干瘦的婆婆。

    妻最后看着我，她说："别了，亲爱的，有缘再来相见！"

    说罢，她举起手中的瓷碗，一饮而尽，纵身跃下桥头，旋即消失。

2

向姑娘表白的最大风险在于，她可能由此会真的爱上你！

二十一岁那年，我站在学校女生宿舍楼下向马晓菲表明心迹。

夏天的中午悄无声息，宿舍楼上晾晒的衣裙飘飘，像是为这喜庆时刻招摇的旌旗。天空有一朵半明半暗的云，仿佛在酝酿一场细软湿滑的雨。

"马晓菲，我爱你！"

我一嗓子就捅破了这个夏天的安逸。

紧接着，我继续撑大喉咙，让回声一步步攀上阶梯，排好队列，迎接女神的洗礼。

三十分钟过去，我的声音从张信哲变成了张宇，而马晓菲始终没有走出寝室看我一眼或骂我几句。

天空很合时宜地飘起了雨，于是，我决定暂时放弃，高声喊出一句："下雨喽，收衣服啦！"

那些刚刚躺在床上，心里诅咒楼下那个傻瓜无数遍的姑娘，慵懒地走出冷气房，匆匆收了裤裙和紧身小衣，温柔地朝下面望了一眼，算是对好心人聊表敬意。

向姑娘表白的最大的风险在于，她可能由此会真的爱上你！

好可惜，那天雨虽然越下越大，我还是要一个人风平浪静地活下去。

3

你信不信，我从小就知道长大后要娶马晓菲为妻？

我和马晓菲在一个医院出生。

那年春天，很多孩子扎堆儿投胎，产房里满得都挤不进人。

据说，马晓菲她妈当时的床位支在医院的门廊里，马晓菲出生时是急产，产前的阵痛打着密集的鼓点说来就来，羊水喷薄而出，哗啦一下子就将一个白净的小姑娘冲了出来。

"就像一架冲破密云的小型飞机。"助产的护士笑盈盈地说。

"就叫晓菲吧，谐音是小飞机的意思。"几天之后，马晓菲她妈抱着她，跟我娘慢条斯理地商量着。

我娘说："你家姑娘真白嫩，看我这黑儿子——咱们结个娃娃亲吧！"

你可知道，有一种青梅竹马在产房里就能擦出爱的火花？

4

可惜青梅竹马远不如一见钟情来得浪漫，前者像两条并行的溪水，只是哼唱着歌儿一起慢悠悠地长大，后者才是流云划过天际，偶尔投影在你的波心。

马晓菲和我，更像是姐姐和弟弟的故事。她早我出生，号称从小罩着我在十里八村长大。她成绩优异，初、高中六年，一直是名副其实的学霸。

那年会考，我坐在马晓菲左前的座位上，趁着监考老师不注意，一把扯过她的卷子。

匆忙中卷子掉在了地上，好心的监考老师弯腰拾起考卷。电光石火之间，马晓菲居然将早已写好选择题答案的小纸条抛到了我的桌角。

交了卷子，我在马路牙子上百无聊赖地坐着等她。

看她远远地走过来，我就奔过去揪住她脑后跳跃着的马尾辫。

"你后脑勺上的'秧歌舞'可真好看！"

"你呀，就是贪玩，什么时候才知道上进？"

我问马晓菲："为什么你一直不生气呀？"

她笑笑说："因为我是你姐啊！"

不出所料，高考后马晓菲进了京城的重点大学。

而我吭哧吭哧复读了一年之后，才终于混到北京城里一个二流的本科学校。

我报到那天，她来我们学校，点了份素炒饼为我接风洗尘。

我以为青梅竹马的爱情终于能在外地生根发芽，谁知她开口就说："小弟，姐姐遇上喜欢的人啦！"

那天我在二食堂的素炒饼里意外地吃出了炒肉丝，心里却没有划过丁点幸福。

5

二十一岁的我终于完成了在马晓菲宿舍楼下的告白。

天空很合时宜地下起了雨，我低头走着，被一个高年级矮个子学长拦住。

"小子，你知道晓菲是我女朋友吗？"

高年级矮个子学长似曾相识，踮起脚尖向我怒吼。

"你知道'晓菲'是'小飞机'的意思吗？"我问。

"少废话！滚远点，小心我揍你！"他答。

我说："你打不过我，我身高一米八八，是院篮球队的二中锋，三分球命中率百分之四十七……"

"滚！"我正啰唆个不停，却被高年级矮个子学长一记左勾拳打在右脸上。

好吧，好汉不吃眼前亏。如果我全力反击，将高年级矮个子学长踹倒在地，马晓菲一定会为爱情不顾一切地扑过来。我索性半推半就，象征性地为了尊严招架了几招之后，就仰面躺在雨地里。

最终马晓菲还是扑了过来，当然这次是为了我。

在校医务室，马晓菲深情款款地问我："你怎么连他也打不过？"

　　"他以后可能会成为你男人，我得给他留点尊严。"

　　晓菲有点儿感动，鼻子红红地说："还是我弟最懂事。"

　　"我给他写封道歉信吧，毕竟打架是不对的。"

　　"算啦，以后别这么鲁莽啦，你是我弟！"

　　"不过说真的，晓菲，你和他真不合适。留意你们寝室的小文姐，他俩才是天生一对。"

　　"你再胡说我生气了。"

　　"我没胡说，人家上辈子才是夫妻，一个矮富帅，一个白富丑，出门刷VISA，酒店做SPA，机舱还要坐头等呢……"

　　晓菲说："看在你今天被打成脑残的分上我原谅你啦，以后再不许胡说八道！"

6

　　据说撬闺密男朋友是现代爱情剧的传统桥段，马晓菲难逃厄运。她在凌晨四点打来电话骂醒我："你这个大嘴巴，真是欠抽！"

　　我说："你别激动，我这就赶过去让你过瘾！"

　　我跳上出租车，赶到马晓菲的学校，陪她聊了整整后半夜。

　　晓菲说："我想通了，是你的鸭子总是你的，不是你的，煮成鸭血粉丝汤，也能飞走。"

我拍手称快，彼时东方既白，微红的晨曦爬上天际。我在霞光中伸展双臂，说："马晓菲，让我做你的男神吧！"

晓菲摇摇头，淡淡地说："你看起来，更像个男神棍！"

那年七月，马晓菲毕业，我送她去车站，叮嘱她在家乡安心等我回去。

人潮拥挤的北京站，我和马晓菲的手指不经意地碰触在一起。

马晓菲告诉我，高年级矮个子学长把之前和她有关的一切都还给了她。她说，她看见了我和他打架之后写的道歉信。

我依稀记得我在信里啰唆了一长篇之后，特意叮嘱学长，马晓菲小时候是急产，肺里呛过羊水，春天易咳嗽，秋天爱气喘，要让她多穿衣，少受凉。

我记得我还嘱咐过他，晓菲喜欢扎红色的猴皮筋，喜欢三分球划过的弧线，喜欢午后安逸的夏天，对了，她还喜欢吃食堂里清淡少油的素炒饼。

马晓菲第一次用小指钩住了我，一股久违的暖流涌入心间，那一刻仿佛轮回，仿佛梦圆，仿佛一次跨越生死线的涅槃。

我说："你的手指好软。"

晓菲说："你的文笔好烂！"

7

三年后，我和马晓菲筹备婚礼。

晓菲找来单位一个新同事做司仪。

我问晓菲："那个塌鼻梁的胖子憨憨傻傻的有哪点好，干吗请他来主持婚礼？"

晓菲说："就是感觉很投缘啊，你不觉得他生得很诚恳可信的样子吗？"

塌鼻梁小胖子有条不紊地指挥着婚礼的进行，最后，他慢条斯理地说："新郎，你现在可以亲吻你的新娘了！"

我凑过去，在晓菲的脸上深深一吻。

"信不信，我从小就知道能追上你！"

"你总是没有正形！"晓菲暗中用套着白纱手套的手指猛掐了我一下。

小胖子司仪走过来，清了清嗓子，奶声奶气地说："恭喜一对新人礼成，请好好珍惜你们今生的缘分……"

"好啦，不要你啰唆啦！"我白了他一眼，一把将晓菲拥入怀中。

"你怎么今天怪怪的？"晓菲莞尔一笑。

"没什么！"我轻轻擦干眼角的泪水，淡淡地说。

8

十一月的桥头，阴风朔朔。人们排着整齐的队伍，望向干瘦的婆婆。

那一天，我久久痴痴地凝视着妻子远去的长空。

然后，我迅疾转向身后一个满脸惊愕的塌鼻梁小胖子。

我说："我不渴，给你喝！"说罢，我将碗中的冷汤倒给那胖子，纵身跃下远远的星河。

201×年，曾有一架客机从异国起飞，从此远航在苍茫天际。

那年夏天，我有一条褪色的牛仔裤

6月，我到邮局取稿费，队伍很长，我坐在最后面，双手插在牛仔裤的兜里，等我拔出手指的时候，我发现指甲尖已经被染成了青色。

"需要帮忙吗，先生？"

"没关系的，不用了，谢谢。"

我被人流推挤着，一点点向前移动。

"原来旧的牛仔裤还是会掉颜色。"我暗暗地叹息着，就像原本以为过去很久的事，很久不联系的人，有一天也会不经意地想起来。不过，记忆究竟也会褪色吧，每次想起来，都会淡一点，更淡一点。

取完稿费，我去了洗衣店。

昨晚接到唐薇的消息，她说她正好路过宁波，希望有机会能见上一面。

"老师，很多年没有和你联系啦，忽然看到你出版的新书，特别开心，很想和你见一面哇！"即使不出声，唐薇用文字一样能传达出当年可爱女生的气质。

"嗯，我本来应该请你吃饭的，可……"我欲言又止，最后还是支支吾吾地回绝了她。

唐薇说："老师，再考虑下嘛，明晚九点我散会后，你到酒店来找我吧！"

说完，她通过手机屏幕上发来一连串笑脸。

我狠了狠心，在对话框里，最后键入了"再见"，而回到家，竟然在恍惚中找出一件平时很少穿的白衬衣，连夜送到了洗衣店。

我并不是唐薇真正的老师。五年前，我在南京一家媒体做采编，那会儿唐薇刚刚大学毕业，在公司实习，每天就在我的身后做跟班，一口一个"老师"地叫着。唐薇是很有灵气的女孩，稿子上手很快，不久之后，便能一稿直接过审。

我说："你还是别叫我老师了吧——我比你也大不了多少。"

唐薇说："才不，老师就是老师！"说完她半是撒娇、半是矜持地补充道，"我进步大，还不是老师你教得好？"

从洗衣房取来新熨好的衬衣，我套在身上，在镜子里照了又照。

"五年，真是胖了很多！记得刚开始带唐薇的时候，还是风筝架子一样的身材。"我这样悠悠地想着，心头竟划过一丝遗憾。

　　那时的唐薇很喜欢笑，她明润的双唇、洁白生辉的牙齿，仿佛天生为笑而生。她留着简洁的短发，穿帆布鞋和牛仔裤，飒爽逼人，我和她走在一起时，总有一种被青春照耀的温暖。

　　她常开我身材瘦弱的玩笑，有时会说："老师，我好想在风大的时候，抓住你的领带，迎着风，把你放飞到天上去！"

　　说罢，她禁不住"咯咯咯"大笑起来。

　　"皮带扎紧一点儿会不会看起来精神些？"我将衬衣一点点小心地掖进裤子，对着眼前的镜子挺直胸膛，默默地想，"也许头发再短一点儿，见到唐薇时，她会更加喜欢吧。"

　　我记得那会儿出镜前，唐薇常一边帮我扎领带一边抱怨："老师，你头发太长了，遮住了你豁亮的大脑门，看起来一点都不帅！有时间，我真想替你一刀剪掉它！"

　　"本来就不帅嘛！"

　　"帅！剪掉就很帅。"

　　记得那次去茅山北报道煤矿透水事故，我和唐薇加班赶了一天的稿子，却在晚上十点接到主编的撤稿电话。

　　主编说，稿子中主观臆想的成分较多，缺少事实和严密的逻辑分析。

　　当时我和唐薇正坐在夜宵摊上吃香辣小龙虾，放下电话，我抓起半扎鲜啤一饮而尽。唐薇忽闪着大眼睛问："怎么样？"

"毙了！"

"他分明就是收了人家的好处！"

"没事实依据，不要乱说。"

唐薇很委屈，却不再说话，端起自己的杯子，碰过我的空杯子，自顾自悠悠地饮下。

气氛沉闷了好一阵，我夹起一只小龙虾，装作漫不经心地说："如果我们明天不跟社里打招呼，直接杀煤矿一个回马枪，拿点真凭实据出来，你觉得怎么样？"

"老师你真是太棒啦！我就知道你是个有正义感又蔫儿坏的人！"

唐薇终于开心地笑了起来。

第二天赶在和唐薇出发前，我竟剪掉了蓄了几个月的长发。

"真是帅呆了！"

唐薇眼里泛着晶光，笑得比前一晚在夜宵摊还开心。

在茅山北的采访并不顺利，虽然我和唐薇的突袭让煤矿的人措手不及，可保安强横地拦下了我们，在矿井边拍过照的单反相机也被抢走了。我拼命地挡在唐薇面前，一边厉声大喝，一边节节后退。

吵闹中，我看到煤矿负责人的车子从后门驶出了矿区，在茅山的后山坡上缓缓盘桓。我拉着唐薇疾步向后跑去，跳上自己的车子，风一般开向后山。

我很少开山路，车子在山道上左摇右摆，不一会儿我的手心里就全是汗水。

"唐薇，你下车，坐公车赶回公司去！我自己去追就行！"

"我不！"

"听话，这是命令，我是你的老师！"

可笑我人生第一次在唐薇面前自称老师，竟是在这样尴尬无助的情况下。

我不由分说地拉开车门，按下唐薇的保险带扣，几乎是把她推出了车厢。

车窗落下，又缓慢地升起来。在玻璃窗完全闭合的瞬间，我清晰地看到唐薇委屈地哭了起来。我从未想过，她哭泣的样子比笑起来生动一百倍，好看一百倍，只是，我没得选择。我急踩油门，向面前的山道猛冲起来。倒车镜里的唐薇越来越远，像一朵山间的流云，像一株羞赧的野百合，像一粒越来越模糊的光点。

人生中有些事注定不会沿着直线发展，比如，那天我开足马力去追那个煤矿主，结局并不是我追上了他或他甩开了我那么简单。生命旅途中，随时会有拐点，有折线，在你猝不及防的瞬间，发生急转。

那年秋天，唐薇实习完，离开了传媒社，最终离开了南京，我后来请了长假，回宁波休养，从此天地茫茫，鲜有联络。

在我整理衣服，装扮着自己的兴奋时刻，唐薇再次打来电话。

她说，上次她去英国旅行，买过一款香水，一直舍不得用。

"名字叫梨与小苍兰，嗯——你可以送给，嫂子。"唐薇顿了顿，"嫂子"两个字咬得很急，像墙上风干的泥块，应声跌落下来，摔得粉碎。

我并没有出声回应。

唐薇自顾自笑起来，打破尴尬似的说：

"或者我试用一下给你闻啦，同样的一款香水，在不同女孩的身上，味道完全不同呢！"

"我说不准晚上会加班写稿子，最近出版社催稿很急。"

"我散会后就一直在酒店里等你！我还想和你一起在宁波的晚上奔跑，把你放飞到天上去呢！"

"一起奔跑？"我迟疑了一下，最终还是没有一口答应她。

夜里起了风，好像要下雨，路上有一点儿堵。出租车司机建议我绕道去酒店。

我说："不绕了，我不急着赶时间，慢慢等吧，就走直线好啦！"

我终于赶到了酒店，大堂的酒水吧里挤满了客人。我点了两瓶喜力，在靠近窗户的位置坐了下来。酒店里的冰镇喜力味道很好，比起我经常出没的夜宵摊上的扎啤，这种液体散发出一种精致的都市气息——大约唐薇也变成了一个精致的都市女性了吧，她不会再留着短发、穿着帆布鞋，也许会蓄起长发，裹在精致而齐整的职业套装中，笑得恰到好处。

我陆续又加了几瓶喜力。夜色已深，宇宙安然地耸立在我一步之遥的窗外。想到唐薇就在这间酒店，就住在我头顶的某个房间里，想到五年以来，她从未离我如此之近，我的眼睛竟然难以自制地模糊起来。

"先生，您已经一个人喝下六瓶喜力了，是不是有什么事不开心？"大堂吧的服务员温和有礼地问我。

"嗯，没有，我很开心啊！"我淡淡地回应。

"来试试这个吧，先生，握一下会让您振奋起来呢！"服务员笑盈盈地掏出一个闪闪发光的握力计。

"不了！"我迅速喝光最后一瓶喜力，疾步奔向大堂的电梯。

房门开了，房间里泛出优柔的微光，我缓步走进来。

有人忽然从身后抱住了我——是唐薇，她身上散发着一股足以让时空凝滞的栀子花香。

"是梨与小苍兰。"

"不，是你的味道！"

我不知该说什么好，我们再次陷入沉默——或许沉默才是此时最好的解药。

"就这样一直抱着别动！"

"这样我就永远看不到你！"

我忽然转过身，一把将唐薇揽在怀中，伸手划开她湖水一样沉静的长发，在她的脸颊上吻了又吻。她回应着我，用她温热的舌尖迅速渗入我的宇宙，在我长久而寂寞的胸腔中，注入一股震颤的洪流。这吻是湿热的，是蜿蜒的，是壮丽的，也是苦咸的。

"你怎么哭了？"

"是你哭了。"

灯光一直很幽暗，可我从未能睁开自己的双眼。

"先生，先生，要不要试试看？"大堂吧的服务员举着那个发光的握力计，依然很有礼貌地询问着。

"嗯！"

恍惚中，我渐渐缓过神来，接过那个发光的握力计，用力一捏，一股酥麻的电流穿透我的掌心，瞬间让我周身震颤，清醒起来。

"哇哦！"服务员眼前一亮，随即轻快地说，"抱歉，先生，这是一个通电小把戏，只是跟您开一个玩笑。希望您今晚能开心起来哦！"

"是很特别的玩具！"我点点头，问，"能告诉我现在是几点吗？我出门的时候把手机放在家里了。"

"已经过了十二点了呢。"

"哦，好啊！真的谢谢你，那买单啦！"

"好的，我推您过去吧。"

服务员扶着我的轮椅车驶向大堂的吧台——就是茅山那次车祸之后，我极力要求回家乡治疗，而此后我的腿，就再也站不起来了。

　　屋外下起了雨，我将手从牛仔裤兜里伸出来，缓缓地摇动轮椅。路灯在雨帘中剪出一块亮白，借着灯光，我发现我的双手，已被那条褪色的牛仔裤，染满了青蓝。

第二章

我有很多爱的故事，想讲给你听

极地情书

　　要不是小玉抽奖中了加拿大双人双飞自由行，她和秦明很可能在圣诞节前就分手了。

　　"奖品来得不是时候，但浪费了着实可惜！"小玉在微信这头感慨。

　　"去吧，就算是纪念一下我们这些年的青春。"秦明回复说。

　　话说到这个份上，明显是覆水难收的局面，可秦明知道，一旦他面对小玉，绝没勇气将"分手"二字说出口。他在笔记本上码出一封分手信，然后打印出来，用信封封好，准备二人回国后，在机场分别的时候塞给她。

　　秦明和小玉曾是大学同学，秦明是内秀的南方才子，小玉是直爽的北方美人，才子佳人的眷侣，着实让同学们羡慕。因为是独生女，小玉毕业后坚持留京，守在了父母身边，而秦明固执地认为南方发展的机会更多，未出校门时就和深圳的一家名企签约了。

炽烈的相思很像一碗浓汤，距离自然不会稀释汤的浓度，但很容易会把汤放凉。阿玉固执地想秦明时，他不在身边。秦明需要小玉出现在他的朋友圈时，她已安然地睡入一片滑凉。没有插足，没有背叛，没有大刀阔斧，生活一勺一勺地将浓汤舀空，爱的初心、勇气和执着，最后被时间的潮涌平静地搁置在默然的沙滩上。

"不如分了吧！"既然谁也不愿意为了对方牺牲现在的生活，那就意味着永远不能在一起。终于有一天，这声音钻出来，如空谷中的一声尖啸，惊起了满山的鸟雀。

"再等等吧！"秦明的优柔寡断，最终为他和小玉换回了一次意外的分手旅行。

这注定不是一场愉快的旅行。从多伦多，到蒙特利尔，再辗转温哥华，因为倒不过时差，也因为本来的心情就很差，小玉和秦明一路上疲惫地沉默着。为什么会是这样？四年前，还在大学读书的时候，他们是那样的般配，那样的恩爱，分开一分一秒，彼此都分外不舍。

在温哥华转机的时候，阿玉看到了一张"极光之旅"的广告海报，画面上的绿色极光像一条横逸的长裙，飘在长空和雪野之间，生机盎然。小玉忽然动心了，她用眼睛扫向秦明，才发现他正专注地看着自己。

"如果机票能改签，不如我们去试试看。"秦明试探着说。

从温哥华飞黄刀镇，在阿尔伯塔省的埃得蒙顿机场中转，总飞行时间三小时。黄刀镇的机场没有廊桥，套上滑雪服，阿玉和秦明径直冲下云梯，室外零下四十摄氏度的气温瞬间将他们的哈气都凝结了，寒风像一张大手似的，一把将两人挤在一起。秦明顺势揽住小玉，却在他指尖触碰到她肩膀的刹那，又下意识地松开了。

由于没有提前预订，离观光基地近的酒店已经没有客房了。溜达了好一阵，秦明和小玉被一间叫作"Billet-doux"的小旅社吸引了进去。旅社橱窗里贴满了各种颜色、各种形状的美轮美奂的极光照片。

"Billet-doux，情书？好特别的名字。"小玉轻声念着。

旅社的主人是一位中年法国男人，英语很不错，听见小玉的声音，连忙热情地走过来说："嗯，不错！虽然远隔千里，但极光是天空写给大地的一封情书！"

秦明禁不住微笑起来，小声对小玉说：

"法国人的浪漫和不着调真是名不虚传！"

最终，秦明和小玉还是在Billet-doux住了下来，这里离观光基地比较远，晚上客人不是很多。法国老板的名字叫亨利，他告诉他们，黄刀镇向北两百多公里就是北极圈，这是离上帝最近的地方。他来这里已经十年，每年都会在最冷的时候拍摄极光的照片。说着，他站起来，对着满屋子的极光照片说：

"天气最冷的时候，这里的极光并不最多，但却是全年最美的！"

亨利的话一点没错，每天晚餐后，秦明和小玉都会一路走到观光基地，在观光木屋里点上两杯咖啡，静候极光降临。可这个季节太冷了，极光似乎也躲在浓厚的云层里不肯出来。起初，小玉还会在一望无垠的雪野上奔跑、叫喊，感受宇宙的浩瀚，浩瀚完了，便倒在雪地上，一会儿摆成一字，一会儿摆成大字。秦明有时也会被感染到，躺在小玉的身边，朝着天空大声地呼喊，然后，他们的声音被巨大无边的宇宙吞噬。一天，两天，极光没有出现，天空没有寄给大地情书，正如远隔千里的他们已经消磨光了所有爱的激情。

失望和遗憾最终吞没了整个行程。第三天晚上，秦明和小玉疲惫地走回旅社，大厅的酒吧已经打烊，亨利从吧台后面扛着相机的三脚架出来，穿了齐整的雪地服，看见秦明和小玉，粲然一笑："怎么样？这个季节的云太多，是不是没看到极光？"

"嗯！很可惜明天就要离开了。"小玉淡淡地说。

"嘿！大奴湖边的山坡上，有一座猞猁小屋，那边海拔较高，有些云是遮不住的。有没有兴趣和我一起走走？"亨利拍拍秦明的肩膀。

"好啊！好啊！带上我们，一定要去！"秦明少有这么坚定过。

"不过，那边路不好走，坐雪橇冲坡又比较危险。"亨利说。

"这是我们最后的机会了！"大约是听到"危险"一词，小玉说着，竟不自觉地攥住了秦明的袖口，这让她自己都感到很奇怪。

　　几只健壮的哈士奇拉着雪橇车，在无边的雪野上飞奔起来。疾风响彻耳畔，冲进鼻腔，迅速织起一张冰网，冷空气从冰网的缝隙里挤进去，在腹腔壁上撞得粉身碎骨，小玉觉得有一种逆风飞扬的快意。

　　雪橇冲坡后，哈士奇开始大口喘起粗气，云层逐渐稀薄，终于，在山坡的尽头，哈士奇集体嚎叫起来，嚎叫声嘹亮又凌厉，像一把把锋利的斧头，劈开云层的肉体，一下划拉出满天星斗。

　　"真是神奇！"秦明也禁不住欢呼起来。

　　亨利支起三脚架，调好相机，将保温杯里的热咖啡倒给秦明和小玉，又从背包里掏出一把光滑的小鱼，扔给哈士奇。气温太低，他几次想引燃火机，都以失败告终。

　　秦明走上去，接过亨利的火机，在咖啡的热气上熏了几下，然后一把点燃了亨利的香烟。

　　"嘿！聪明的家伙！"亨利说着，深吸了一口烟，将手中明灭的火光戳向天空，与满天星斗化为一体。"来这里的都是情侣，我不知道你们为什么看上去不开心。"亨利自言自语似的说。

　　"我来这里已经十年了，当初来是为了庆祝我和太太的结婚纪念日。听说猞猁小屋看到极光的机会很多，我和太太便租了雪橇车，连夜赶过来。那晚的极光很美，有绿色和紫红色两种，我们在天空下拍照，一张一张，那是人生最美的时刻。妻子说，极光是天空写给大地的情书！"

　　"后来呢？"小玉说。

　　"后来我们连夜下山，因为路不熟悉，视野也不好，雪橇车在半路上撞上松林，皮缰卡环断了，妻子受了重伤。那会儿的黄刀镇还不像现在这么热闹，没有通信，没有照明，我们在零下四十几度的长夜里依偎在一起。此前人生一点点的美好，从记忆的源头走回来，在云顶极光消逝的暗淡中，我们变成两座雪的雕像。"

　　"对不起，让你想起了这个！"秦明的声音哽咽了。

　　"为什么你还会留在这里？"小玉抢着问道。

　　"嘿！没什么比两个人厮守在一起更值得！"亨利的声音很坚定，"现在她在天上，我留在了极地，只要有极光，我便拍下来，那是她从天国给我写来的情书。"

　　"哇噢！"小玉惊呼着从雪地上一跃而起。夜幕仿佛忽然裂开了一道罅隙，一片薄如蝉翼的绿色荧光流淌出来，沿着天空的褶皱，丝带一般自由滑摆。亨利镇静地按下快门。很快，又一大片淡绿色的光从遥远的天际升起，飘摇而上，瞬间擦亮了半壁琼宇。亨利掉转了镜头，趴在雪地上，对着极光下近乎惊呆了的秦明和小玉一阵疾拍。

　　紧接着，远处传来断断续续的"噼啪"声，起初很轻，像从旷古时空里走漏的风声，后来很急，像简单的节拍，像两束光在黑暗深处欢快地擦出的"响指"。亨利跪倒在地，朝向极光升腾的方向，高举上臂，轻扬积雪。

　　"听！那是她在天国为我朗诵。"

不知什么时候，小玉已经攥住了秦明的手。直到他们再次登上雪橇，都不曾分开。向下冲坡的风很疾，可小玉觉得心里暖暖的，她甚至按捺不住开始胡思乱想，如果下一刻雪橇撞上松林，她将无怨无悔地倒在秦明的怀里。

雪野上偶尔还能映射出极光的颜色，秦明在雪橇上转过头，觉得天空和雪野如此之近，一种重生的感念，扎根在他心里。漫天闪烁的星斗，如无言的字句，在淡绿色的火苗中长燃不灭。有这封情书，让天地之间不再有距离。他伸开手臂，紧紧地将身边的小玉揽在怀里。

心宽体胖，情深不瘦

我的同学Kevin陈是个胖子，他有句著名的口头禅叫："心宽体胖，情深不瘦"。这话言简意赅，直接告诉大家："我是一个深情而豁达的胖子哟！"

Kevin陈原本并不胖。大学毕业那会儿，他一米八的个儿，只有一百二十斤，瘦得跟风筝架子似的，你跟他一起走路的时候，会怀疑抓住他的领带，就能将他迎风放飞起来。要是去医院拍片子，根本不用进X光室，撩开衣服，排骨架立马门儿清。

Kevin陈是怎么胖起来的——大约和他的好脾气与好人缘有关系。那会儿大家大学刚毕业，正值失恋高峰期，很多情侣劳燕分飞。Kevin陈人好，做朋友温暖又贴心，大家心里难受时都想找他倾诉一下。大概形式就是这样的：

——喂，Kevin，我最近失恋了，心里好难受，有时间陪我吃个夜宵吗？

——好好好，不见不散！

还有这样的：

——喂，Kevin，好久不见了，晚上我请你吃大餐好不好哇？

——嗯，这么好，你是不是又失恋了？

由于深受夜宵和大餐的轮番轰炸，以及负面情绪的疯狂填鸭，Kevin陈的体形迅速膨胀，很快从瘦猴跨到微胖界，等他意识到这个问题的时候，已经完全变成了陈胖子。他会腆着肚子坐在烧烤摊旁，一边给朋友递纸巾，一边说："你别哭了啊，都会过去啦，好不好啊！我再去加几个鸡翅！"

Kevin陈瘦的那会儿，勉强算个八十五分的小帅哥，身材走样后，满打满算，也就值八十分。

这些年，朋友们分分合合，陆陆续续有了归宿。唯独好好先生陈胖子还一直是个快乐的单身汉。如果你问他，陈胖，你为什么会这么乐观啊？他会慢条斯理地回答："哎，心宽体胖，情深不瘦啊！"

陈胖子是在健身房遇到罗小姐的。当时他正戴着耳麦，听着咆哮的雷鬼音乐跟跑步机死磕，恍然发现身旁跑步机上的罗小姐晃晃悠悠地滑倒在地，赶忙跑过去扶起了她。

罗小姐说："不要紧，最近在疯狂节食减肥，刚刚有点恍惚而已。"

陈胖子说："罗小姐，你并不胖啊，为什么还要这么努力减肥呢？"

　　罗小姐笑笑说："我最近在追一位九十五分的帅哥。帅哥眼光很高，就喜欢标枪式的美女，所以，为了爱情，其他什么都呵呵了。"

　　那天练完后，陈胖子特意带了罗小姐去夜宵摊啃鸡翅膀。

　　罗小姐坐在陈胖子身边，全程吞咽口水，但为了"瘦身"的终极理想，终于忍住了，一串鸡翅膀也没有吃。

　　陈胖子说："罗小姐人漂亮，气质也好，又精通三门外语，为了收服帅哥，肯下这么大功夫，真心让人佩服。"

　　Kevin陈这种有安全感的暖胖子，天生就有一种和美女亲和的能力。在健身房，他很快与罗小姐成了好朋友。罗小姐的感情生活并不顺利，陈胖子常听到她和九十五分帅哥之间吵吵闹闹，分分合合。终于有一天，罗小姐发现了九十五分帅哥劈腿的事实，联想到这几个月以来，自己拼命瘦身取悦对方的惨淡时光，终于下定决心，挥泪和帅哥诀别。

　　"唉，帅哥注定有市场啦，久在河边走，安能不湿鞋呢？原谅他——也是为了放过自己吧！"陈胖子淡淡地说着，将纸巾和鸡翅膀一并递给罗小姐。

　　"嗯！"罗小姐噙着眼泪，点点头。

　　"试试看啦，黑椒蒜香口味，这家口碑很棒的！"

　　"那就来一串吧！"罗小姐淡淡地说。

那晚罗小姐一连吃了七串鸡翅膀，彻底恶补那段惨淡时光里错失的美味与营养。

罗小姐说："真担心自己这样会很快胖起来。"

陈胖子说："不会啊，我以后陪你多运动啦！"

就这样，陈胖子带着罗小姐四处Happy，一边享受美味，一边跑步健身、打网球、泡温泉、玩跳伞、看话剧，饕餮美食，环游世界，忙得不亦乐乎。陈胖子顺利从蓝颜知己升级为亲爱的蓝胖子。渐渐地，陈胖子改掉了半夜陪朋友吃夜宵的习惯，身体慢慢瘦了下来，而在美食和爱情的双重滋润下，罗小姐却不胜娇羞地丰盈了起来，虽然没实现标枪美人的理想，可身上总是散发着由内而外的幸福光泽和韵味。

这事后来成了我们朋友圈里的佳话，两个微胖子，一对有情人——怎么看都是那么的登对。或许好的爱情从来不是委屈自己，取悦对方。九十分的美女，被九十五分的帅哥抛弃，认识了八十分的蓝颜朋友，他陪她吃饭、逛街、看电影，她陪他健身、交友、周游世界，最后成为一对一百分的恋人。

好的爱情从来不是两个独立个体的平均分，而是在不断磨合中为对方加分。你说是吗？

翡翠心上有道痕

　　佳华的翡翠店在北京的商城里开业了，他打电话让我去他店里淘些宝贝。

　　我说："老同学，你几年没消息，一开口就想赚我们的钱啊？"

　　佳华客气地说："有时间过来坐坐就好，给你看看我这些年的藏品。"

　　半月后，我到北京出差，顺道去拜访了佳华的翡翠店。

　　我说："佳华，你可真行，毕业这么多年了，也不想着和同学们联系。作为补偿，我觉得你有必要把你收藏的那些越南翡翠跟大家分享一下。"

　　佳华将一些翡翠吊坠小心地展示出来，成色果然不错，翠绿的晶体发出明润的光泽，有一种沁人心脾的生机。

　　佳华说："你仔细挑挑，看看有没有喜欢的。"

我噙住口水，将那些吊坠藏品一块块摆在灯下，装作很懂行的样子照了又照。

我说："咦，为什么这几个翡翠吊坠的中心都有一道浅浅的裂痕。"

佳华说："是的，这么好的成色，如果没有一条裂纹，价格一定高得离谱，我是买不起的。"

我问："中心有裂纹的翡翠就不值钱了，那还有什么收藏意义呢？"

佳华说："我给你讲个故事吧，是我在河内的时候听到的。"

在河内，夏季特别多雷阵雨。

有一天，开咖啡馆的阮先生看到一对中国青年情侣在咖啡馆外的屋檐下避雨，便邀请他们到店里小坐，并送了他们两杯柠檬水。

因为都是华人，所以很自然就热络地攀谈起来。

那个女青年说："我和男朋友一直想出国走走，大学毕业后好不容易攒了一笔钱，因为越南游比较便宜，所以最终选择了河内。"

男青年略带羞涩地说："其实是我女朋友跟着自己的导师做了一个项目，赚到一笔钱，才让此次出游成行的。"

阮先生看得出来，他们彼此很相爱，在他们目光交汇的瞬间，眼睛里满满的柔情都会流淌出来。

女青年接着说："来到河内才知道，这里的翡翠比国内便宜很多，真想买一个留作纪念。"

男青年抢过来说："翡翠是不错，不过看上的成色好一点的，价格也很贵，一样买不起。"

后来，男青年起身去洗手间，女青年轻轻地告诉阮先生，其实他们看上了一款如意外形的翡翠吊坠，成色很不错，价格也能接受，不过就是翡翠的中心部分有条细细的裂痕。

阮先生问："有条裂痕的翡翠还有收藏价值吗？"

女青年慢慢地说："有的，之前我在一本书上看到过，只要坚持佩戴一段时间，翡翠中心的裂痕是可以愈合的。愈合后，翡翠裂痕会变成一片飘花，样子很美丽。"

这时，女青年眼里闪烁着一种明快的光。她说："其实我男朋友也很喜欢那枚翡翠。不过他是舍不得，明天早上我偷偷提早起来，偷偷买给他，到他生日时当作礼物送给他。"

"裂纹真的能愈合吗？"我抢过话来问佳华，"你就是那个道听途说，并且买了很多翡翠吊坠的阮先生吧？哈哈！"

佳华淡然地笑了笑，没有直接回答我。

我继续追问："那么后来呢？他们试过吗？"

"第二天早上，又是雷雨，天色蒙蒙亮时女青年就赶到了翡翠市场，店铺一开门她就买了那款有裂痕的翡翠吊坠。"佳华慢慢地说，"在赶回酒店的路上，由于雨大路滑，行车光线又不好，女青年遭遇了车祸。

"男青年赶来的时候，女青年已经气绝身亡了，只是那枚有裂痕的翡翠，依然被她紧紧地攥在手里。"

我追问："后来呢？"

佳华说："男青年始终无法放下这件事情，他选择一直留在河内。他将那枚有裂痕的翡翠终日挂在自己的脖子上。他在那边洗碗，做保安，当导游，打多份工，拼命赚钱，收集翡翠小件，攒到了一定的钱后，就在一个小镇上开了一家咖啡店，他会免费指导一些来往的游客如何购买实惠又美丽的翡翠。"

我说："那么那位青年就是后来的阮先生！"

佳华淡淡地笑起来，不知为什么，我觉得那笑容模糊得厉害。

那天的黄昏并没有下雨，可夕阳一样打湿了我的心。

在佳华收藏的挂件中，我找到了一枚如意形的吊坠。那吊坠上没有裂痕，在翡翠的中心，有一片玉白的飘花，冰清玉洁，像一颗不曾沾染尘世的心。

一想到你的不完美，便觉得更加爱你了

1

冯阿姨是我见过的"最有幸福感"的女人。

她不是"白富美"，我认识她的时候她已经五十来岁。那会儿我大学刚毕业，租住了她在江边的一套旧房子。房子虽旧，却打理得异常整洁，明窗净几的感觉，让我一瞬间就喜欢上了它。

冯阿姨每次来收房租，总要坐在沙发上跟我聊上好一阵，我喜欢听她事无巨细地"吐槽"：什么老公太懒，一回家就歪在沙发上看电视；什么女儿也像老爸，二十几岁的人，出门教国画还要妈妈骑自行车接送；还有，家里这么干净，都是靠她一人忙里忙外地亲手收拾……可她说话的语气哪里是在吐槽，分明语调轻柔，唇角上扬，眼睛里不时泛出温润的光。

末了，阿姨常是总结性地说："算啦，算啦，还是早点回家做家务吧，晚上多买点菜，她爸手巧，烧的菜可好吃啦！还好女儿像她爸爸，手也巧。"说罢，阿姨起身离开，江风吹拂的房间里，瞬间弥漫着饭菜飘香的味道。

后来有一次，我见到了冯阿姨的丈夫和女儿。原来她女儿是清华大学美术系的高才生，丈夫面容英武而沉默少言，安静地伫立在房间一角，像一株硕大而高贵的植物。我在暮色中与他们一家作别，阿姨轻巧地跳上丈夫的电瓶车，熟练地揽过他的腰肢，脸上的笑容和绯色暮光交融，将丈夫和女儿笼罩在一起。我知道，爱是这一家人安然生长的光合作用。

2

Jason决定和前女友复合的时候，我和朋友们都劝他放弃。

Jason是一名独立摄影师，他的前女友阿May是个很有个性的女孩，大胆、泼辣的她是天生事业型的女强人。当年，她为了实现音乐梦想，毅然舍下热恋中的Jason，独自北上，在京城经营着一家文艺范儿十足的酒吧。

Jason那会儿一到节假日就跑去北京看阿May，小小的欢愉之后，再拖着疲惫的身躯返回江南。

"何必这么辛苦呢？叫她回来吧！"朋友们劝他。

"没事，我扛得住！"Jason浅笑。

　　Jason不得不夜以继日地拍照、修片，用赚来的钱贴补酒吧的生意亏损，可阿May却在这个时候提出了分手。朋友们都猜阿May一定在北京城傍了大款，义愤填膺地要组团去京城替Jason教训她。

　　"绝对不能轻饶她！"朋友们挥舞着拳头。

　　"没事，我能理解。"Jason苦笑。

　　两年后，情感、事业双双惨败的阿May，悄然返回家乡。Jason听到消息，第一时间找到阿May，竟然主动提出了复合。朋友们大跌眼镜。

　　"你到底爱她身上哪一点？"我问。

　　"我第一次见到她的时候，她穿了一件大红的长裙，坐在广场的石阶上，样子美极了，让人的眼睛舍不得走开，我立刻偷拍了一张她的照片。"Jason补充说，"我主动走上前去打招呼，她笑起来，口红也是极艳的颜色，像一簇火苗。"

　　"你们摄影师都是好色之徒。"我打趣说。

　　"坚持梦想的人，值得爱。"Jason说。

　　Jason的摄影工作室重装开业，朋友们纷纷上门道喜。Jason把屋后的器材库改造成了一个小的卡拉OK包厢，包厢的墙上装裱着一张硕大的照片，一袭红裙、笑靥如花的阿May就坐在照片的中央。

　　Jason抢着登台唱了一首电视剧《千金归来》的主题曲：

相爱的心会给你勇敢

燃烧的火焰

映着你的笑脸

这一次，一向泼辣的阿May安静地挤在人群中，悄然抹着眼角。有时候，我觉得，眼泪才是爱情最纯粹的结晶。

3

我的朋友之中，阿志既封建，又充满了大男子主义。

那会儿志嫂喜得千金，办满月酒请我做客。阿志就当着一众朋友的面说："哎，连个儿子也生不出，做人真没意思。"

志嫂起初脸上挂不住，红晕褪净之后，便端起酒杯热络地招呼着客人。

谁知三年后，志嫂又诞下一女，这一次的满月酒在志哥乡下的老宅里办。阿志这次更过分，一边感叹人生彻底无望，一边大声地指挥着志嫂，端茶倒水，忙里忙外。

我抓空凑到志嫂的面前，轻声说：

"嫂子，志哥今儿喝得有点高，他说话你别往心里去。"

"我没事，乡下条件差，招待不周啊！"志嫂说。

"挺好的，空气好，菜也新鲜。嫂子，怎么好好的，想到住到乡下来？"我问。

志嫂顿了顿，缓缓说道："去年我跟姐妹搭伙做外贸生意，结果赔了好多钱，姐妹一家都跑路了。你志哥把市区那套房子抵押了，替我姐妹还了债主的钱。他身上毛病挺多，但做人讲义气，我服。"

饭后，志嫂一手拉着大妞，一手将二妞揽在怀中，志哥手忙脚乱地调好奶粉，弓着腰将奶嘴搭在二妞的唇上。一家人，怎么看都是那么的登对。

我知道，爱是拉手扶持的一段漫长旅程。

4

这世上没有十全十美的人，也没有完满无缺的爱情。所谓的深爱，不过是爱上一个人的光芒之后，也能宽容他身上的芒刺。

梵语中"菩萨"是"菩提萨埵"的缩写，"菩提"是指觉悟，"萨埵"是指有情。原来"菩萨"是洞明世事的觉悟之后，仍有情地挚爱众生的智慧禅心。那么，深爱一个人，也是在深刻了解他之后，安然生长的菩萨柔肠。爱是一瞬间的怦然心动，更是觉悟之后的岁月长情。

我也曾渴望轰轰烈烈、完美无瑕的爱情，可源远流长的时光之旅中，我更想说："一想到你的不完美，便觉得更加爱你了。"

真　相

前一阵子出差天津做项目，每天夜里都会写程序，写到天蒙蒙亮时，我就跑到街口一家小吃摊，去吃一碗热乎乎的"嘎巴菜"。

北方的晚上，城市冷得像一块刚从冰柜掏出来的猪肉膘，硬邦邦地躺在黎明前夜色的砧板上，任凭西北风千刀万剐。卖嘎巴菜的是一对老年夫妇，大爷精瘦得像一绺嘎巴（俗称锅巴），刀功精湛，梆梆梆几刀砸下去，就将一张绿豆小米煎饼切成了齐整细碎的长条。

这时，红光满面的大娘会熟练地接过一碗嘎巴条，抄起半汤勺同样红光满面的素卤，劈头盖脸地浇下去，然后依次轻巧地点上芝麻酱、腐乳、辣油、辣糊、香菜末——一碗香气四溢、嫩滑劲道的嘎巴菜，就从大爷和大娘手中脱胎了。

那时天寒地冻，人生地疏，可每当我在小摊上坐下来，和一碗热气腾腾的嘎巴菜狭路相逢的时候，登时就觉得时光充满了浓浓的暖意。卖嘎巴菜的大爷话很少，常常是自顾自低头干活。大娘却分外热络，手上忙活着，嘴里不住地招呼客人。大爷闲下来时会走到街口抽烟，偶尔回头瞄上大娘一眼，在火光明灭的刹那，用一口花白的烟云，缓缓遮住自己脸上颤巍巍的笑意，任它倏尔消逝在苍茫的夜色中。

我在心中暗自羡慕二老的恩爱，我觉得，大爷肯定是那种持重、稳健、特别能镇得住事的主儿！

"小伙子，你算是说对了！"有一回没忍住，我终于借着在街口和大爷一起冒烟的机会，诉说了对他老人家的敬慕。大爷说着话，习惯性地转身又和大娘对视了一眼。

"你算是说对了，偷告诉你个事啊！"

"嗯，大爷您说！"

"我那阵子刚刚在科室报到，就感觉科里有两个小姑娘同时喜欢我！"

"大爷，一看您年轻的时候就是美男子！"

"嗯嗯，其实我喜欢你大娘，但另一个姑娘穷追不放啊，我也不太确定你大娘那会儿到底是啥意思，于是就找准机会，决定试探一下！"

"咋试探的？"我毕恭毕敬地掏出一支烟，递到大爷手中。

"那姑娘知道我爱吃嘎巴菜，就说要起大早为我做一碗吃。我当着你大娘的面答应了，第二天我带着饭盒到科室，接过了一碗热腾腾的嘎巴菜！"

"大娘没闹腾？"

"当然闹腾了，气得当场就跑走啦！我一看她心里有我，扒拉了两口嘎巴菜，就乐呵呵地去把你大娘给追回来了。

"后来，我跟你大娘说：既然你心里有我，咱俩就好好处着，我一辈子都给你做嘎巴菜吃！"

"大爷您这勇气和胆识，真了不起啊！"我由衷地竖起了大拇指。

"这嘎巴菜一做很多年，从工厂退休以后不想闲着，也没啥特长，就把这手艺继续用上啦，呵呵呵！"大爷说完，轻快地笑起来，笑得整个星空都透亮了。

在天津待了半个月，项目终于做完。那是我最后一晚去夜宵摊，趁着大爷去街口抽烟的空当，我满心羡慕地跟收拾碗筷的大娘聊了几句。

"大娘，您可真有福气！您看大爷给您做了这一辈子的菜！"

"哈哈，这算啥福气啊？那是他自找的！"

"自找的？"

"嗯！我俩那会儿在一个科室上班，同科还有个小姐姐也喜欢他。"

"大爷年轻时是个美男子。"

"呸！就是一个街边的小玩闹！那个姐姐吧，有一回特意要给他做嘎巴菜当早餐。"

"后来做了吗？"我有点狡猾地问。

"做了啊！那姐姐给他做了满满一饭盒，我凑过去一看，哟，卖相还不错，于是抄起自己的筷子就当着他们俩吃了个底朝天，边吃边夸她的厨艺好——姐姐，真好吃啊，明儿个给我也带一份呗？"

"啊？！"我按捺住心中的讶异，故作淡定地问大娘，"那然后呢？"

"你大爷完全迷瞪了！那姐姐一气之下就跑走了，再没提做早餐的事。你大爷开始想追出去，看了我一眼，就屁颠屁颠地过来跟我道歉，说是心里有我，想试探一下，想不到你大娘我这么厉害。"

"这说明，大娘心里那会儿也装着大爷啊！"

"呸，他大爷的！还敢说来试探我。处对象这种事，不稀罕试探！我说：'要道歉是吧？行，我给你机会，从今天起罚你做一辈子的嘎巴菜！'哈哈哈……"

大娘说完爽快地笑了起来，笑得漫天星斗都哆嗦着掉下来了。

大爷抽完烟，走进后台，继续在砧板上铿锵地敲打。大娘仍满面红光地招呼着客人。付完钱，我与大爷、大娘别过，沿着昏暗的小街向酒店走去。道路竟慢慢地亮了起来，我转身看到大爷高举着白炽灯，为我照亮归途，而大娘从容地伸出右臂，像是道别，像是致敬，像是倚天亮剑。我心中扬起一团跳蹿的火苗：幸

福生活的维系有时看似是老爷们的勇气，但真相往往是老娘们的
智慧。

　　不由自主地，我耳畔竟然响起嘹亮的一曲："苍茫的天涯是我
的爱，绵绵的青山脚下花正开……"

最后的夜，最初的暖

大四的时候，我在一家气象站实习。气象站修在一座小山包上，平时鲜有人问津，除了和我一起来实习的唐薇，就只有顾站长和姚姐两个人。

那年冬天快结束的时候，下了一场很大的雪。漫天飞舞的雪片，半天工夫就给山区套上了一个严严实实的大棉袄。黄昏时，积雪压断了高压线，气象站里忽然断电了，空调安静下来，温度计里的水银柱也麻溜地缩紧了长脖子。

姚姐从仓库里翻出了一只旧火桶和一丁点备用的木炭块，招呼大家围坐在屋子中央。

姚姐说："抢修输电线路的工人已经出发了，不过大雪封山，今晚能不能修得好很难说。"

顾站长找出半瓶二锅头，分别给大家倒上。他说："外面的温度已经零下十七度了，来，喝一点，暖暖身子。"

我和唐薇有些懵懂地对望了一眼，小口抿了一下。

灰白的天空仿佛用尺子比着一般，一寸一寸地暗淡下来。屋子里很安静，扯开耳朵，就能听见大片雪花簌簌落地的声音。火桶里的炭火不是很旺，偶尔在燃烧时发出"噼啪"的爆响，好像这间小房子哆哆嗦嗦地蜷在雪野里打着寒战。

"要是能来几个硬菜就更好啦！"我轻轻抿下一口酒说。

"硬菜是做不了，咱们讲几个故事来下酒吧！"顾站长说。

"故事下酒？"唐薇瞪大了眼睛。

"嗯！咱们来说说这辈子让自己特暖和的事吧！我先来，一人讲一个，讲得精彩，奖励一大杯二锅头。"顾站长举起酒瓶，缓缓地说了起来。

我上大学那会儿吧，还没有手机，电话也不普及。大一放寒假回家，买到车票后，我给我叔叔家打了一个电话，告诉他们我坐哪一天火车回去。从学校到我家一共有三趟火车，我买了中间的一趟。那时是新生，我在南方读书，一放假就归心似箭，收拾行李的时候，竟然忘记了带厚衣服。

火车在我北方老家停下来时，我觉得我整个人都快冻僵了，西北风比画着小锯齿儿似的，在人脸上千刀万剐。背起行李，我就只有一个念头——赶快往家里冲！

跑出火车站，我忽然看见我爸站在广场的公交车站，他穿着一件旧军大衣，戴一顶雷锋帽，双手对插在袖子里，一动不动地站在西北风中，扎实得仿佛一个邮筒。

我快步跑上去，对我爸说："爸，你怎么来接我啦？"

我爸说："你叔也不知道你坐哪趟车回来，我寻思着还是赶最早一班来吧！"

不由分说，我爸就脱下他的军大衣往我身上糊。说实话，我当时还觉得那件军大衣特老土，想挣扎来着，可在披上它的一刹那，我全身忽然被注入了一阵暖流，舒服得再也讲不出一句话来。

返校的时候，我特意去车站看最早一班火车的到站时间——足足比我的那一班早出三个半小时——也就是说，我爸在我到站之前，已经在小刀子似的西北风里站了三个半小时。返校的路上，我一直紧紧地裹着那件破大衣，我觉得它特别美，特别美！

我按捺不住了，抢下顾站长的话说："这一杯，敬老爸！"

顾站长深饮下一口酒，说："从那之后，我只要回家，都赶着最早一班的火车回去！"

唐薇也凑过来，敬了顾站长一杯，接着说："我也来说一个自己的事吧！"

我有一个挺谈得来的高中同学，人很"油菜花"（"有才华"的谐音），就是特别腼腆。什么事，你不赶着他说吧，他绝不主动开口。我挺喜欢他的，我觉得他也有点喜欢我。上了大学之后我们常常写信、聊QQ、打电话，但那种感觉呢，就像在大雾里散步的两个人，听得见脚步声，却看不清彼此的眼睛。

　　大二的愚人节，我们寝室的几个姐妹决定跟大姐开个玩笑，写一封匿名情书哄她开心。我一下子就想起了我"油菜花"的小哥了。我向他求助，他支吾几句后说："好吧，我试试看啦！"

　　愚人节那天，大姐果然收到了一封匿名情书。情书写得很好，是一首六句话组成的短诗，大意是说："姑娘我暗恋你好久了，可是爱你在心口难开啊！"晚上熄了灯，姐妹们吵吵闹闹地和大姐开玩笑，我枕在枕头上，顺手发了短信向"油菜花"道谢。

　　"油菜花"说："唐薇，你看到那封情书了吗？"

　　我发过去一个笑脸，补充说："看啦！有才华，高水准！"

　　"油菜花"说："看了我就放心了。你是竖着念的吗？"

　　放下手机，我迫不及待地从床上跳起来，迅速滑向下铺，向大姐讨过情书，竖着扫过第一排文字，居然是——"致我深爱的薇"！那一瞬间，我像是被捧在掌心的一支冰激凌，全身都开始融化了。这一切来得太突然，一向腼腆的他，居然用这种特别的方式，主动向我告白了。

　　"后来呢？"姚姐问道。

　　"后来，我们就真的在一起了！"唐薇说。

　　"可是这个故事温暖吗？"我小声问道。

　　"暖！"唐薇举起自己的酒杯，喝下一大口说，"这封匿名情书，我一直珍藏在枕边，在那些倒春寒的夜里，我将它平铺在我的被子上，一整晚都暖暖的，虽然只有最简单的六个字，却像冬天的日出一样，一下子驱散了满天的雾气，隔着万水千山，我也能清晰地看到他的眼睛。"

姚姐点点头，向火桶里添了木炭，转而望向我说："午歌，你也来说一个吧！"

我顿了顿，倒磁带一般地迅速将思绪拉扯到二十年前。

那会儿，我才五岁吧，在幼儿园读中班还是大班，记不清了。我和我们副院长的儿子"大卡"在一个班里读书。大卡仗着他是"太子"的身份，平时在班里横行霸道的。不是有哲学家说过吗——小时候打架拼的是发育。你听"大卡"这名字就知道这厮小时候就发育得牛肥马壮的。很多被他欺负过的同学，都只能忍气吞声。

有一天放学前，大卡说他的三色橡皮找不到了，非要翻我的书包。我知道他是故意想在同学面前戏弄我，不过碍于他的体形和身份的双重压力，我还是强忍着给他翻了书包。结果他把我书包里的课本、水壶、毛巾一样一样地扔得满地都是，书包被他翻了一个底朝天后，他突然把手插进了自己的兜里。

他说："哦，橡皮在这儿，你这傻瓜还挺配合的啊！"

我一时血气上涌，一记飞拳就冲了过去，很快和大卡扭成一团，在地上滚来滚去。同学们起初都看得傻了眼，当我在一次翻滚中转到大卡身上的时候，忽然从身后飞来一个男同学，大喊着我的名字：

"午歌，算我一个！"

他横着压在我的身上，自然也就把大卡压在了身下。

"午歌，算我一个！"

接着，又一个同学压了上来！那些平时忍气吞声的男生，得了令牌似的，一个接一个地，横压在我和大卡的身上。虽然我被压得喘不过气，但我知道，压在我身下的大卡一定比我的滋味儿更难受。忙乱中，我竟然为仗义的小伙伴们笑了起来。

"这有啥可温暖的？"唐薇插话道。

"嗯，其实也没啥！"我补充说，"后来老师把我们几个拎到操场上，挨个批斗，可是问了半天，谁也不说是我先动手的。没办法，老师就罚我们在教室外站成一排。小伙伴们都不说话了，天空很快暗沉下来，夕阳扯着两绺鼻子血似的红霞，漫天流洒，我抹了抹自己还在酸痛的鼻头，低声地唱了一句：'几度风雨，几度春秋，风霜雪雨搏激流……'

"没想到，所有罚站的同学居然都跟着我的节拍，一起唱了起来，那声音像从地底喷发出来的一样，越蹿越高，越来越大，穿过风声和下课铃声，在幼儿园里横冲直撞。我们就这样唱啊，唱啊，我的心里暖暖的，可是喉咙却不自觉地哽咽了。我觉得，我特别对不起我的小伙伴们。"

"来！喝一杯！"顾站长和姚老师一起举起了杯子。

姚老师慢慢地说："下面我也来说一说，这个故事有点特别，因为故事的主人公既不是亲戚、爱人，也算不上同学和朋友。"

那时，我丈夫刚刚升了团长，我随军之后，被暂时安排在街道上做社区义工，平时就是照顾一些失独老人。

有一位林大娘，七十几岁的样子。她的儿子是抗洪烈士，那时林大娘老年痴呆挺厉害，整天迷迷糊糊的，我去看了她好多次，可她还是记不住我的名字。每次我去送药给她吃，她总是说，药很苦，要我给她带糖块，她才肯吃药，像个小孩子一样。

有一天，我和社区主任都在，她几乎完全丧失了意识，一遍一遍地念着儿子的名字，眼里泛着异常的光亮，手上哆哆嗦嗦的。我那会儿不知道从哪儿来的勇气，一把上去攥住了她的手，她似乎把我当成了她的儿子，伸手在我嘴角上划拉了一下，然后，她居然从枕头下摸出了一把糖块——原来那些下药的糖她一块都没舍得吃，完完整整地给她的儿子留着呢！

我第一次看到林大娘流眼泪，她闭着双眼，似乎带着一丁点微笑，眼泪湿答答地滴在枕巾上。那时，我觉得心中一颤，紧紧地攥住了林大娘的手指，我特想把我的体温全都输送给她。

我、顾站长、唐薇不约而同地站了起来，这个故事，似乎没有特别的暖意，可在我们心里却架起了一团生生不息的火焰。

"干一杯！"

后来我想，我们三个人的温暖都来自他人的付出与分享，唯独姚姐，她把自己的爱奉献了出来，却获得了比享受爱心更多的幸福，也许这就是爱的能量不守恒定律吧——付出爱的那一个，永远要比得到爱的那一个幸福、踏实、温暖。

夜里十点钟，站长接到了市里的通知，说输电线路暂时无法修复了，只能通过电话，简单地向市里汇报监测数据。

姚姐示意我去屋外的监测台测量雪厚和温度。我咬牙冲了出去，却没有被意料之中的寒意袭击：雪地将天空照得分外透亮，空气纯澈，让人迅速清醒过来；远处村镇里的灯光在浮动的晕色里，像明灭的火光，从大地的一角引燃夜空。在这片没有尽头的雪野里，我自由地迈开大步，呼吸着，奔跑着，朝向星火燎原的远方。

文艺男女青年约会指南

"用一封小情信做书签的创意简直太棒啦！讲真的，我可是个实诚人！"小松蘑在微博上私信我说。

"是吗？"我迅速在回复里敲入一个龇牙咧嘴的头像，习惯性地展露我谦逊又傲娇的笑脸。

"大哥，我觉得你的书，简直就是一本文艺青年的实用约会指南。老实说，你是不是约会姑娘老有经验啦？"小松蘑继续追问。

"哪有？"这一回我淡定地掷出三个龇牙咧嘴的头像。

"大哥，你就别瞒我啦！网站上有个人给你的书打了差评，就是觉得你现实生活里约会了太多姑娘，玩弄感情那啥那啥的……"小松蘑回复。

"这个真没有！"我警惕地键入五个字。

"这个可以有！看在我一口气买你三本书的面子上，你就支我几招呗？"

"兄弟，你错了，其实我是个特单纯的人，故事都是编出来的！"

"大哥，我周末赶着参加你在沈阳的签售会啊，完事后我请你吃铁锅炖大鹅哈，你一定要当面点拨我几招！"小松蘑继续穷追不舍。

"那就先这样吧，我要准备一下！"我顾自咽下口水，郑重地跟他道了一声"晚安"。

一个正经吃货，在美食面前总是难以把持自己，我生怕接下来说出在粉丝面前让人大跌眼镜的话来，于是干脆利落地关了微博——当然，迅速打开百度，匆匆键入了"沈阳铁锅炖大鹅哪家强"这个问题。

周末的沈阳，天气并不晴朗，波诡云谲的天空，疾风骤起。我起初有些惴惴不安，担心会有读者因为天气原因，放弃到现场互动。

我的宣传编辑阿芮信心十足地安慰我说："你怕啥？贵人出门多风雨！等下在台上笑得灿烂点啊！"

"贵人出门多风雨！"这真是句好话，一瞬间我挺起了坚挺的腰板，重拾了柔顺的笑容，从容地走上台，开始我的签售会。

"除了风大点，眼里和嘴角直进沙子，几乎毫无缺陷。"阿芮在签售会的最后，递给我一瓶矿泉水说。

这时，一个双颊盛开着结实的青春痘的黑胖男孩匆匆从场地外闯了进来，径直走到我和阿芮面前，掏出三本我的书，摆在我的面前说："大哥，差点来晚啦！不好意思啊，给我签个名，再各题一句话呗？"

现场观众几近散净，我一时来了兴趣，在第一本书的扉页上从容写下：

"相爱就是晚安之后，还要说晚安。"

"能不能来句比这再给劲点的话？"痘男轻轻拭去额上的汗水，淡淡地说。

我打开第二本，慢慢写下：

"心中的晚安，想说给一起眠去的你。"

"大哥，还能再给点劲吗？"痘男继续擦着汗。

我拿出最后一本，在上面写下：

"相爱的人，不仅要夜夜说晚安，更要天亮一起起床！"

"就是这个劲儿！"痘男咧咧嘴，满意地笑道，"大哥，你再写一下我的名字呗？"

"你叫？"

"我叫'采姑娘的小蘑菇'，微博上的小松蘑奏（就）是我呀！"

"擦！你名字还能起得再流氓点吗？"我在心中暗骂道。

半小时后，我和小松蘑单独坐在一家名叫"打铁关炖鹅"的百年老店里。赶在铁锅上桌之前，小松蘑迫不及待地问我："大哥，我喜欢那姑娘很久啦！真的，我是个实诚人，你给我支一招呗？"

"什么招？"

"就是教我'能在天亮和姑娘一起起床'的高招呗。"

"滚……滚……"彼时我正咬着一嘴炖鹅，一大口嚼下去，"滚烫啊，真是！"——吃货都有颗金子般的心，在那么肥美嫩滑的炖鹅面前，我实在不忍心说狠话，生怕伤了少年心事。

"趁热吃，趁热吃！"

"别总想着睡人家，先说你对那姑娘是不是真心，那姑娘有没有别的心上人啥的。"

"是真心，没对手！这方面我门儿清，我都调查过啦——其实我俩也许就是差那一层窗户纸！"小松蘑边应和着边夹了一大块炖鹅，放在我的盘中，用筷子凌空一戳，补充说，"大哥，说不定我俩就差那一层窗户纸，你出一招，就能捅出一个功德无量来！"

"速7看过没？"我慢条斯理地说。

"大哥的意思是让我看完速7直接去速8？"

"你怎么满脑子都是开房的事儿？我是告诉你，可以带姑娘看场好电影！"

"嗯哪！没看过！"

"你带姑娘看场电影吧，人家肯来，说明心里有你，才有后话。"

"嗯哪！"

"下面这套理论，来自著名的坏男孩学院。我只说一遍，成败就看你的悟性啦！"

"多谢大哥！"小松蘑说着，挺直腰板突然站起来。

我趁机又挑了一大块炖鹅，放在自己的小盘子里。

"大哥，我咋感觉我遇到了世外高人了？"小松蘑双手抱拳说道。

"以下绝对干货，注意听，我只说一遍！"我郑重地重复了我的话。

"嗯哪！"

"其实让姑娘接纳你，喜欢你，最关键是征服她的潜意识。平时她说，'嗯哪，好的，我喜欢你'——那些可能统统都是假的，都是敷衍了事的回复，到了关键的时候，她的潜意识可能就会忽然跳出来，一脚踢开你！"

"潜意识？"

"对，这和荣格与弗洛伊德的理论有关。高大上的话，我就不说了！"我从铁锅里夹起一块炖鹅，若有所思地看上一阵，又放到自己的小盘子中，接着说，"潜意识，是藏在人的意识之后的，是一种原始的、纯粹的，也不易触碰到的意识。记住，要想触碰到一个姑娘的潜意识，一定要绕开她的意识保护！"

"怎么绕？"

"比如，你和一个姑娘在月黑风高的大路上走着，这时咔嚓一个惊雷，姑娘正惊魂未定，你走过去，一把将她结实地拥入怀中。

这时，你就触及了她的潜意识——因为那一刻，她从心底认定了，你是保护她的人！"

"大哥的意思是，我选个雷雨天带女孩去看速7？"

"笨啊！不一定是雷电刺激，只要能让姑娘打破平静，接受刺激，或者说受到一点点惊吓，就可以破坏她平时的意识保护。比如，你可以带她去吃一顿霸王餐。"

"霸王餐？"

"对！当然，你怕挨揍的话，可以在借口上厕所的时候，先把账单结了，然后装作若无其事地回到座位上，跟姑娘说，咱们今天来一场吃霸王餐的奇幻之旅吧？然后不等她清醒判断，就拉她一起走，径直地、飞快地、目中无人地从饭店脱身。这时，你该怎么做？"

"跑啊！"

"傻瓜，跑人人都知道，你要趁机拉住姑娘的手，假装带她加速跑啊！在她惊魂未定的时刻，牵手占尽先机啊！"

"精妙！"

"接下来，可以稍稍平复一下，带姑娘去看场电影，注意千万别买任何饮料！"

"为啥？"

"电影散场后，两个人都会觉得口渴，然后，你要拉着姑娘的手，去你家附近的水果店，注意，要选苹果、梨，不要买橘子或杧果！"

"这是要？"

"笨蛋，因为苹果和梨是要削皮吃的，很自然给你一个带姑娘回你家拿水果刀的机会！"

"太棒啦！"

"接下来是关键，你听好，千万别以为姑娘答应和你回家吃水果，你就可以乱来！"

"是说呢！她手里还有水果刀呢！我该怎么办？"

"嗯！家里要拴一个呆萌的宠物，比如，小狗、兔子或者荷兰猪等！"

"好主意！"

"这主要是让头次登门的姑娘放松戒备。当然，必要时你可以和姑娘出去遛遛狗，但是不能让她带上包，否则，她可能遛完狗直接就回家了。"

"嗯嗯，记下了！"

"遛完狗回家，她已经是二次登门了，心里的戒备会放松很多，再加上前面一顿霸王餐，姑娘几乎认定了你是一个浪漫、多情又富有爱心的人喽！"

"我该怎么办？"

"遛狗的时候，最好能跑上几步，这样姑娘会出汗，你可以邀请她在你家冲澡。"

"这能行吗？"

"当然，看你前面戏份铺垫啦！"

"好的，我尽力！"

"除此之外，你还要在姑娘到来前将房间和自己打扫干净，长得丑不是重点，没有女孩喜欢不整洁的男人！"

小松蘑下意识地掏出手机，在黑屏上照了又照。

"记住，如果姑娘洗澡，一定要为她准备一套干净、舒适、从未使用过的浴衣！"我补充说。

"这？"

"否则，姑娘洗完澡之后，就换上她的衣服，开开心心回家去啦！"

"精辟！大哥，真恨太晚读你的书，你这套征服潜意识的理论太厉害啦！不过，之前你有教过别人吗？"小松蘑忽然警觉地问。

"嗯，有女读者买了我的书，我教她防狼术的时候，系统地分析过男人的心理和手段！"

"但愿我亲爱的她，没有读过你的书！阿弥陀佛么么哒！"小松蘑双手合十。

"一百八十八！"服务员递过来结账单说。

"今晚我请吧！"我腆着肚子象征性地站了起来。

"我来，我来，听君一席话，胜读十年书啊！给你一百九十，不用找啦，我是个实诚人！"小松蘑自言自语着，愉快地买了单。

两天后，我在沈阳的全部宣传活动结束。到达机场时，忽然风雨大作，豆大的雨点砸在候机大厅的玻璃窗上，砰砰直响。我在微博里收到了小松蘑的私信，他问我啥时候离开沈阳。

我本想写"你真的试了吗？"——忽然觉得好低俗，迅速删掉文字，写下"你觉得管用吗？"——不行，还是太功利，最后我云淡风轻地写了一句："速7好看吗？"

"哥，我失误了！"小松蘑回复。

"怎么会？她之前读过我的书？"

"没有！前面一直挺顺溜的，也吃了水果，也遛过泰迪，完事我去拿浴衣放洗澡水，她坐在我卧室里，翻出了你的书。"

"我的书？有什么问题吗？"

"嗯，里面不是有封小情信吗？"

"她误会了？"

"不是，她站在窗户旁读了三遍，这几天沈阳风太大了，忽然把那封信吹跑了，她拎着包跑出去追了，结果追了四条街才追上。她说走回来太远了，就带着你那封小情信直接回家去了！"

"嘿，兄弟，你别哭啊，哥还有别的招呢？"

"那啥，哥，谁寻思的，好好的书里放一封情信做书签干啥啊？"

我立刻警觉起来，严肃地回复："有什么问题吗？"

过了好一会儿，小松蘑回复："大哥，要不你把炖鹅那顿饭钱还给我吧？"

我说："行，支付宝账号发给我，我给你打一百九十过去！"

小松蘑回复说："哥，打九十五就成，我早说过我是个实诚人，你走好啊！"

窗外风雨大作，阿芮坐在我的身边，捋捋头发说："我早就说过，贵人出门多风雨嘛！"

我说："嗯哪！还吹跑了人家的小媳妇呢！"

第三章

最初的爱都是不期而遇

不经意的浪漫

有段时间，我受邀为一部青春爱情片做编剧。电影一立项，导演便安排我到大学里去采风，说是采风，主要目的是收集一些发生在学生情侣间的"浪漫桥段"，比如，如何轰轰烈烈地去表白？如何扎扎实实地制造浪漫？

"收段子大会"就安排在学校门口的一座咖啡馆里，导演特意预订了一个大包厢：环境幽雅、空间独立，无疑是聊八卦、秀恩爱、交流撩妹撩汉技巧的绝佳场所。与会的同学们中，不少也是牵手而来、卿卿我我的情侣。待大家坐定，我做了简短而激动的动员讲话后，便打开笔记本电脑，等着同学们畅所欲言。

"来嘛，大家不要太羞涩啊！讲一讲你们当年是如何制造浪漫表白的。比如说，在宿舍楼下弹琴，单膝跪地求婚，摆蜡烛送玫瑰什么的，越浪漫越好啊！"

我猛喝了一口拿铁，双手搓得起劲。

可是，场面却忽然冷了下来，同学们面面相觑，谁也不先开口。

"看来收购八卦段子这种事不能搞批发啊？大家还是矜腼腆……"我暗想着，为了缓和气氛，我不得不降低问题的段位：

"不妨随意说点什么，比如，你们是怎么认识的？有什么让你们印象深刻的小事？"

房间里传来了一阵骚动，同学们的眼波瞬间柔媚起来。我心中一阵激动，正巴望着谁先打开话匣子，却恍然发现原来是服务员端上了果盘。

1   大雨

大宇是个很有韧劲的男生。他喜欢一个女生很久，却从来都是远远地欣赏。

她去学校的图书馆里借书，他就从书架上随意抽出一本书，坐在她身后两排远的地方。铺开那本厚厚的小说，一个下午，思绪里的她转啊转。偶尔阳光穿过她乌黑的长发，斜斜地铺在他前排的书桌上，时光晶晶发亮，像一枚果冻似的将他俩凝结了。一个下午，大宇只翻了三页。

她离开去还书，他也快步追出去，迎面站在她走出来的台阶上，假装和她在黄昏里擦肩而过。末了，他把书塞进书包，下一个晶晶发亮的下午，还是翻三页。

"最美的不是下雨天，是曾与你躲过雨的屋檐……"大宇哼唱着周天王的歌，转念想，"要是有一天下雨，她没带伞该有多好。"

有很长一段时间，等待大雨变成了大宇的主题。可大雨到来的那一天，一点也不美。

大二那年的夏天，乌云走得很急。人们还来不及躲避，雨点便"啪啪"地砸了下来。

她仓促地起身还书，他照例抱着小说冲了出去。可雨太大了，他没办法站在台阶上，于是又跑回了图书馆。

"同学，这本书你超期很久了，要交五元钱。"

"老师，下次可以吗？今天忘带钱包了。"

忘了是哪里来的勇气，他冲了过去。

"给你。"

"啊——不用，我让宿舍的同学送来吧！"

"雨太大啦，你先拿着，真的没关系！"

屋外，暴雨下得正结实，似乎老天爷有意要成全他。

"那我们加个微信吧！"她说。

大宇的心"怦怦怦"狂跳起来，他没有怀疑自己的耳朵，这是真的！

他们痴痴地站在屋檐下，大宇却觉得全身都要湿透了。就像歌词里唱的一样，他想，这一定是他一生中最浪漫的时刻。

2　银杏林

阿月和阿辉是高中同学。高考完之后，他们心照不宣地问了对方填报的志愿。

"太好了，以后都在北京。"阿月笑了。

她放下了女生的矜持，拉着其他同学一起，主动到阿辉家里玩。阿辉的父母招待了他们，那晚他们还饮了酒。阿月捏着鼻子，跟阿辉一起参观了他家的鸡舍。

末了，同学们走出鸡舍，三三两两地坐在旁边的西瓜田里晒月亮。

阿月和阿辉坐在了一起，月亮肉嘟嘟的，像汤团似的很好吃的样子。夏风微起，瓜田里肥大的叶子忽闪着：呼啦——呼啦，像一片片会呼吸的翡翠，让人分不清是坐在夜色里，还是坐在墨绿色的海底。

阿月觉得阿辉似乎在叫自己的名字，又或者那是一首诗的名字。她听到阿辉自言自语似的说着：

"没有哪个生命

配得上这样纯的夜色

打开窗帘

天地正在眼前交接白银……"

　　阿月觉得阿辉身上有一种迷离的美，她差点将心头的小秘密说出来，可话到嘴边上，却变成了云淡风轻的一句：

　　"真美——"

　　高考成绩下来，阿辉并没有被理想的学校录取。

　　阿月去了北京，孤独的时候，总忍不住想起阿辉，她想在信里袒露心声，可又怕让复读的他有压力。她只写：

　　"我们学校北边有一片很大的银杏树林，深秋的时候金灿灿的，很多同学在树下走来走去，美极了。我常独自坐在这里，坐在北京的秋天里。阿辉，加油！"

　　一年后，阿辉考上了和阿月同样的学校。

　　九月，银杏林还绿着，师姐阿月和阿辉推着自行车走在约定的地方。

　　"走吧，去餐厅吃饭。"阿辉说。

　　秋风吹起，银杏树哗哗哗直响。叶子摇摆着，像数千只翠绿的蝴蝶齐刷刷地挥动着翅膀。阿月坐在阿辉的车座上，喃喃自语似的说：

　　"树林好美，可不知道什么时候才能黄啊？"

　　话一出口，她又觉得不吉利，心里正尴尬着，却听到阿辉转过头，用浑厚有力的声音，缓缓说道：

"可是，我们不会黄。"

阿月心头一热，伸手攥住阿辉雪白的衣角。

"其实坐在他的车座后，他说的每句话都浪漫。"阿月说。

3　烤串

"两个吃货的爱情能怎么样呢？就是搭伙在一起吃吃吃喽。"罗胖说。

罗胖是在学生会组织的郊游活动上认识小玉的。当时，同学们围在一起烧烤，小玉就坐在罗胖的左手边。一桌子人聊得正欢实，只有罗胖和小玉——扎实认真又默默无声地一串接一串地啃烧烤。

"一看就知道是同道中人，吃东西的样子真让人觉得幸福啊！"罗胖补充说，"我登时就动了怜香惜玉的心！"

罗胖小心地将桌上的烤串往他俩身边挪。等姑娘吃上一阵，他又悄悄地将左手边的竹签子，移到自己的右手边。整个过程，罗胖做得低调隐秘，滴水不漏。以至于，过了好一阵，终于有同学发现罗胖面前的竹签子，突兀地堆成了小山包，便跳出来奚落他。同学们哈哈大笑起来，罗胖当场承认全是他自己消灭的。他偷瞄了一眼小玉，那红扑扑的小脸蛋，像春天的胡萝卜，夏天的水蜜桃，秋天的小苹果，冬天的冰糖葫芦似的，招人待见，登时觉得心里美滋滋的。末了，罗胖顺利要来了小玉的手机号。

　　漫不经心地聊了几天后，罗胖便主动发起攻势，开门见山的第一招，当然是"约烤串"。

　　"当你和她同时沉浸在食物美妙的滋味中时——嗯，那才是恋人之间应该拥有的幸福。"罗胖接着说道，"不过人家压根儿没搭理我。"

　　"难道是嫌弃我胖？不对啊，打电话的时候，聊得很开心啊！"罗胖反复思量，最终得出结论：

　　"一定是我操之过急了，单独和男生吃饭这种事，还是忒敏感，得慢慢培养。"

　　罗胖重新制定了计划：第一步，先取得小玉的信任；第二步，争取一起上夜自习的机会；第三步，当然是最开心地一起吃吃吃喽。

　　很快，罗胖成了小玉自习室占座的护花使者，两人一起学习，一起离开，熬得太晚的时候，便搭伙去学校的小桥边整一套"双煎蛋夹里脊夹生菜"的皇家煎饼套餐。

　　罗胖瞅准时机，在某个月朗风清的夜里提议：

　　"不如一起去吃烤串吧？"

　　小玉点头同意。罗胖兴致高昂地把小摊上的韭菜、香菇、豆腐、茄子、鸡翅、长毛虾点了个遍，连生蚝和猪腰子这种冷僻的硬菜也各整了一份。

由于吃得太过痛快，当晚果然拉稀。

六趟之后，罗胖拉得天光大亮。他担心着小玉，打电话过去一问，人已经躺在校医院打点滴了。

罗胖拖着虚弱的身子，呼哧呼哧地赶过去，问候了小玉，便撸起袖子对医生说："给我也来一针！"

"她在低烧，你又没事？"

"不行，这事是因我而起的，我得陪着她。医生，给我多来几瓶吧，我怕留后遗症。"罗胖说。

白色的病房里，罗胖和小玉并排躺着，肚子里翻江倒海，心里却异样温暖踏实。他们侧过身，默默地注视着对方，不说话，也不眨眼睛，像生死与共的患难兄弟。

只有泛着艳光的点滴缓缓滴下，像时光涌流的泪痕。

"从来没想过，和心爱的人一起吊盐水，是这么浪漫。"罗胖说。

4　表白神器

磊子喜欢他合唱团的师妹已经很久了。

作为一名骚柔的理工男，直到被派去美国做交换生，他都没有主动开口。

重新建立联系，是他到加州理工学院三个月后。师妹在微信上联系他："师兄，我准备带团参加学校的比赛，你能帮忙写首歌吗？"

"当然没问题！"

二十天后，歌写好了，他还"顺手"送了师妹一个福利。

"我给你的安卓手机，开发了一款钢琴APP，你试试看。"

"哇塞，师兄你好厉害，这里面的声音是你唱的吗？"

磊子狡黠地翘起唇角，这当然不是一款普通的钢琴APP，当你弹奏时，从高到低灌录的都是他自己的人声——"啊啊啊啊啊啊啊"，他唱得很准，可适配各种音高。

"你想到我的时候，可以弹弹看。"

在微信的另一端，磊子故意轻描淡写。光有人声还不算，他在APP里做了特殊的设计，当有人同时按下某两个键超过两秒时，手机便会振动起来，振动三秒后，手机将自动播放一段骚柔而浑厚的录音："师妹，我喜欢你很久了，可一直不敢开口……我知道你很忙，什么时候让我来做你的男朋友，让我来照顾你吧……"

这个钢琴APP无疑是一款表白神器。

想到师妹在将来的某一天，在手机的震颤中，收到自己如此浪漫又出其不意的表白，她一定会泪流满面、情不自禁地打来越洋电话："师兄，我愿意——做我的男朋友吧！"

"我愿意为你，我愿意为你，我愿意为你被放逐天际……"

磊子暗自哼唱着，竟然在大洋彼岸的午夜里咧开了嘴角。

六个月过去了，磊子还是没能等来师妹的泪流满面。倒是有一天，他收到了师妹的一条微信：

"师兄，我打算换一个苹果手机了，你做的这个钢琴APP挺好用的，能不能再开发一款给我的新手机用？"

磊子并不懂苹果IOS系统，他又不甘心自己的表白神器就此被遗弃，一激动，便厚着脸皮跟师妹说：

"有两个组合键，你长按一下试试看嘛！"

说完，磊子躺在寝室松软的长沙发上，销魂地长舒了一口气。

五分钟、十分钟……十五分钟过去啦，迟迟没有电话、没有微信响起，房间里静极了，磊子觉得连呼吸声都变得很尴尬。

"这傻丫头该不会一冲动买机票飞美国来了吧？"

一个鲤鱼打挺，磊子蹿了起来，拨通了师妹的电话。

"师兄，你这么会撩妹，我跟你在一起真的很没有安全感啊……"

电话断了，"嘟嘟嘟"的忙音，让磊子觉得他躺在手术室里，正在接受心脏搭桥手术。

又过了大半年，磊子学成归来——反正窗户纸也戳破了，他索性黏在师妹身边，一波接一波地送上"自制蓝牙音响、远程遥控小彩灯、楼宇照明智能调配系统"等高科技浪漫表白神器，浪得他都黔驴技穷了，师妹还是没有点头答应。

　　那阵子，师妹因为搞合唱团的训练耽误了学习，便向磊子请教了一些专业课的问题。

　　磊子扎扎实实地陪在师妹身边，耐心讲解，知无不言。每晚还成套成套地买煎饼和牛奶套餐给师妹送过去，吃得师妹宿舍的姐妹们都胖了一圈。

　　那年冬日，一下午的解题之后，磊子和师妹从图书馆前的小径缓缓走过。师妹没来由地说了一句：

　　"我觉得吧，现在的你，越来越像我心里男朋友的样子了，我们可以试一试。"

　　没有风，太阳光扎扎的，两个人走着，不说话就很好。

　　原来，这世上的浪漫不必轰轰烈烈，也不用刻意而为，全然藏在不经意之间，就像夏天倏然而至的大雨，冬日惊鸿一瞥的暖阳，就像聊天时忽然的欢笑，就像心照不宣地相顾无言。它来得如此轻盈，如此畅快，又如此匪夷所思。这个午后，我沉浸在这些朝气蓬勃的小鲜肉美妙的人生体验中，又何尝不是一场不经意的浪漫。

　　"服务员，再来两个大果盘！"我挥着空空的白盘子说。

青春里最大的一场雨

记得看《重庆森林》时，看到电影里的金城武在失恋之后，冒着瓢泼大雨，一圈一圈地沿着操场振臂飞奔的场景，心中一颤，觉得这就是青春本来的样子：荒唐、生涩又肆无忌惮，在水花和泥土的飞溅中，迈出大步，切开雨帘和时空，不明所以，不知疲倦。也因此，想到青春，常常就想到青春期的大雨。

1

初三那年的晚自习，有一天，夜里忽然起了风。接着，闷雷从遥远的天际滚来，天空像一个大包袱似的，猝不及防地被一道闪电劈开，将漫天的雨滴抖落。一瞬间，雨帘哗哗哗密布了整个校园。

放学后，我和几个没有带伞的同学，躲在校门口小卖部的屋檐下，看着大雨在地上砸出一个又一个水泡，打着旋儿地聚拢又散开。我们近乎有点绝望地等待雨停。

不久，我看见父亲骑着自行车，穿了一件长款的旧式帆布雨衣，远远地从昏黄的路灯下骑过来，雨很大，他骑得却分外急促。我近乎有点骄傲地叫了一声："爸爸！"便跑向他。父亲看到我，停下车，从自行车后架上抽出一把黑色长柄伞，迅速撑开，遮在我的头顶。

"快拿着！"

"哦！"

我急切地应了一声，准备向屋檐下躲雨的同学挥手作别，就在转身的一刹那，我看到这把黑色的帆布伞，竟然有两根伞骨是断的：圆形的伞面，因为伞骨的损坏，突兀地耷拉下一条长舌头，像一个讽刺的笑话。

我忽然觉得在同学面前丢尽颜面，一时恼怒，故意加大音量，用近乎质问的语气对父亲嚷道：

"家里有好几把伞，为什么单挑一把破的？"

"怕你淋雨，来得急了点。"

父亲毫不在意的语气，一下子激怒了年少虚荣的我。

"谁要用这把破伞？！"

我丢下雨伞，将书包夹在腋下，愤怒地冲进雨里。积水迅速倒灌进我的鞋子，如大地伸出沁凉的爪子，一次次攥紧我的裤管和双脚。

　　我不顾一切地向前奔跑，任雨水打在脸上，打湿全身。远处花花绿绿的霓虹，从密布的雨帘中生长出来，像五彩斑斓的眼睛。风声呼啸，又仿佛有人在为这躁动的青春和夜晚，鼓出掌声。

2

　　如果没有我的初恋，我可能一辈子都不能感受到南方的雨季。

　　我们在大一的寒假"相识"。那时我们只是网上聊友，头一个月里，聊尽了兴趣、爱好和人生观等话题。这之后，她在好友栏里百无聊赖地删除了我，而我却毫不知情地写了封信给她。

　　然后，我们便决定了要在一起。

　　大二时，她做了文学社的副社长，我做了学生会副主席，在写了上百封超长情书之后，在交换了青春素颜的照片之后，我们对纸上谈兵的爱情生活感到索然无味。

　　于是，我搭乘了一列绿皮车一路晃晃停停地赶到合肥，她在大学寝室里一夜心似狂潮地挨到天亮。

　　火车在破晓时到达合肥站。我人生第一次感受到了南方初秋的雨。那雨遮天蔽日地袭来，清凉而绵密。我在雨中的凉亭下躲避，拨通了她寝室的电话：

　　"我到了，等你！"

半小时后，雨越下越密集，渐渐地，仿佛诸葛亮哭周瑜般如诉如泣，仿佛孟姜女哭长城般千愁万绪，仿佛祝英台哭梁山伯般歇斯底里。这阵势，完全颠覆了我在戴望舒诗句中对我的初恋出场时的寄托：

撑着油纸伞，独自

彷徨在悠长、悠长

又寂寥的雨巷，

我希望逢着

一个丁香一样的

结着愁怨的姑娘。

她撑一把逆风飞扬的小伞，身姿摇曳，如凌空划破雨帘而来。秋风轻易地掀翻了她的裙摆，白白的大腿一闪而出，仿若倚天亮剑。

我们在校园里的斜兵塘里走了又走，驴拉磨子一般将整个池塘磨成浆水，小雨落落停停，更年期似的絮絮叨叨。

天黑后我送她回了寝室，她又送我回了宾馆。

我躺在床上傻傻地发短信给她：你到宿舍了吗？

她回复：你怎么这么笨啊？

夜里起了风，雨水砸在窗外的雨棚上，嘭嘭嘭，像巨大而结实的心跳。

3

大三那年的暑假，我参加了一个赴河北赵县的社会实践小分队，深入赵县贫困地区进行支教活动。

我们在一个黄昏到达了赵县，中学已经放了暑假，校长把我们安顿在学生寄宿的土坯房里。查看了地形以后，我和带队的小丽老师商量，最终选择到"小瓦房"的教室睡觉。教室里没有床铺，我们就将课桌、凳子拼成一张大通铺，男生、女生各睡一间，各滚一床。于是，所谓"支教"，变成了名副其实的"支桌睡觉"，白天我们没心没肺地从庄稼地里踩过麦秆，偷有名的赵县雪花梨到集市上换西瓜；夜里集体出动去捉白杨树上的"知了猴"，然后一边在操场上烧烤"知了猴"，一边说耸人听闻的鬼故事。

那年我们二十一岁，青春茂密而葱郁，像施了钾肥的植物一般跳蹿地生长着。

临行前的最后一晚，带队的小丽老师决定带我们去村口的一家小饭馆解馋。小饭馆里刚炖了一锅排骨，香得能将我们的十二指肠勾出来。

天气闷热得厉害，男生在里屋，剥光了上衣，大块大块地啃起排骨。女生在外屋，一样大块大块地啃起排骨来。一锅排骨瞬间见底。

小丽老师善良而美丽，她是我从前高中的师姐，只大我三岁。

我和她一起找到了同样善良而美丽的饭店老板娘，苦口婆心地谈了半天，最后把他们一家人用作晚饭的排骨也买了过来，总算让同学们解了馋。

晚饭没吃完，妖风大作，黑云压城，花生米大小的雨点砸下来，瞬间就将村里的黄土路浇得稀软。由于抢了东家的排骨，实在没脸继续赖下去避雨，小丽老师买单后，我们便一起冲进雨里。

男生在前，女生在后，黄泥路像一条湿滑而黏稠的舌头，舔一下脚板便能吸住它。没跑几步，就陆续有同学的鞋子陷进泥水里。这之后，有几个女同学迅速爬上了男生的后背；再之后，男生把鞋子别在腰间或攥在手里，一路转移妇女儿童似的，滚回了根据地。

回到教室，衣服已经完全湿透。由于一场暴雨迅速拉近了苦难而矜持的男女关系，大家各自换好衣服，又意犹未尽地坐到了一起。

我们在教室中央用破书本和烂凳子生起一堆篝火，湿衣服晾在篝火的一侧。女同学拿出最后珍藏的零食和男同学围坐在一起，没有知了猴，也不讲鬼故事，那天夜里，我清楚地记得，我们一直在教室里唱歌，唱破了喉咙，唱跑了调，唱得心里直痒痒。大雨就在窗外不知疲倦地下着，"哗哗哗"的声音仿佛从亘古的地平线走来，传向遥不可及的天际。

火光里，我问小丽老师："你有什么理想？"

小丽老师说："我想找个像你一样的男人。你呢？"

我说："我想永远活在这个下雨的夜里。"

在赵县的最后一个清晨，中学宿舍的土坯房在暴雨中坍塌。我们睡在小瓦房的教室里，幸运地毫发无损。第二天一早，雨停了，大家望着坍塌的土坯房却久久不肯离去。我们开始帮村民把坍塌的土块坏一铲一铲地从宿舍里铲出来，整齐有序地排成一队，在大太阳底下挥汗如雨，直到暮色深沉，才依依不舍地向村民们挥手作别。

那是生命中最好的时光，那是青春里最大的一场雨。

后来的后来，

我再不会因为一点儿"有失颜面"的小事和父亲争吵，也不会荒唐而固执地在雨夜飞奔。

后来的后来，

我的初恋告诉我，我们终究不合适，还是分了吧！此后，无数次的雨中，我依然撑伞漫步，但身边的女孩却永远再不会是她。

后来的后来，

小丽老师终究也考研离去，渐渐地没有了任何消息。那些当年一起下乡支教，说好一起打闹、永不分离的同学，也如在雨水中泛起的水泡一样，起初打着旋儿地聚拢在一起，又在风乍起时，散向各自的远方。

　　此后很多年，我在异乡生活，经历了各种各样的大雨，像无数的稳健持重的成年人一样，撑伞在雨中疾步，没有幻想，也不带情绪。直到有一天，我看到电影《重庆森林》里的金城武，在雨中狂奔的情景，方觉得那应该就是青春特有的荒唐、生涩又肆无忌惮的本来面目。这时音乐响起，一首激扬悦耳的*California Dreaming*挤进耳朵里，歌里唱道：

　　　　树叶转黄，

　　　　天空灰蓝，

　　　　我散着步，

　　　　在一个冬日里，

　　　　感到安全又温暖。

　　不知怎么，我的眼眶竟然红了，恍然间我又一次冲动地迈起大步穿越雨帘，树叶、天空和冬日的暖阳，和一切一切在许多年前被大雨打湿的记忆，在冰冷的都市水泥森林里破土发芽，抽条疯长。青春从未因经历雨季而褪色，我们走着，在向上生长着的虬枝条叶里，仍珍藏着最晶莹的水滴。

因为遇见你，我愿意成为更好的自己

"当初写作的时候，为什么会起笔名叫午歌？"

电台的麦克风前，沈盈浅笑着将问题抛给我。

"我……我……"声音在我的喉管中震颤着——这是我来电台做分享时，最常被问到的一个问题，可是，在面对沈盈的那一天，我却始终说不出话来。

沈盈是我的高中同学，在我们市一中，她的成绩一直名列前茅。高中时的她算不上漂亮，一张大月亮脸上，总是挂着娃娃般肉嘟嘟的笑意，和那个年代所有的女学霸一样，留着一个标准的"刘胡兰"头。上课时一看到老师的眼睛，便像用了某种遥感技术似的，她的头摇得特别起劲。

沈盈下课时，常溜到后排和我们这些大个男生混在一起——读金庸，看古龙。我那时正处在青春敏感期，人叛逆得很厉害，家里不允许我学文科，我便坐在理科班的最后一排，埋在一大堆武侠小说里过日子，上课时看书，看累了就干脆在码堆的江湖里睡一阵。那时班里男生传看的武侠小说，差不多都是从我手上流出去的。沈盈一下课就坐过来，后排的男生呼啦一下将她围在中央，众星拱月一般，争着跟她分享江湖故事。

沈盈偶尔也会借一本回去看，远远地说声"嗨"，向我挥手示意，我用眼皮的微微颤动向她回应，随即折回梦境。只是有一次，沈盈匆匆来还书，将一卷《天龙八部》按在我的桌上，眼圈红红的。

男生们围过来问："怎么啦？怎么啦？"

"阿朱死啦！乔峰也死啦！"沈盈说，"我不要再看下去啦！"

几个男生七嘴八舌地开始劝着，沈盈沉默地坐在中间。看到她粉嫩的脸庞上，挂着一缕恹恹的愁云，我实在不忍心地从桌子上爬起来，扯了一个凳子，坐过去，缓缓说："不用看啦，这不是金庸写的，那段时间金庸去国外出访啦，这几章是找梁羽生代笔的。"

"这是真的？"沈盈问。

"那当然！我在一本杂志上看来的。"

"那也许不是作者的原意呢？"

"是啊，金庸先生后来亲自修改了这几章，发在《明报》上做了连载和更正，想不想知道，我讲给你听？"

"嗯嗯嗯！"沈盈热情高涨地点头回应。

作为一名长期盘踞在后排，处于半冬眠状态的差生，头一次在班里的女尖子生期待的眼神里找到了自信，我坚定地说道："金庸先生的原著里，阿朱只是受了重伤，乔峰救治阿朱心切，便连夜带她离开，去向东南亚一带寻找江湖上隐居多年的神医，那神医号称赛过朱丹溪，医术高明无比……"

整整一个课间，我像上了发条似的口沫横飞、侃侃而谈，细致地交代了阿朱和乔峰如何巧妙地避开江湖各路人马的追杀，化险为夷，最终得到了东南亚神医"赛丹溪"救治。末了，我怕沈盈不相信，一边比画着一边补充说道："你看现在越南仍然有很多人姓'乔'，差不多都是乔峰的后人啦；越南现在的武功都擅用肘击、短拳，这都是乔峰当年传过去的招式啦！"

直到上课铃响起，沈盈才恋恋不舍地走回自己的座位，她刚坐下来，便迅速转头望向我，一张大月亮脸上，升起了皎洁的微笑。

后来，我发现我俩对此事各自上了瘾，沈盈有事没事就来找我聊聊江湖往事，我则在一个月的时间里，系统地为沈盈解释了——张翠山和殷素素并没有自尽，而是双双隐居世外桃源，最终与张无忌团聚；杨过虽然断了一条胳膊，但后来吃了西域出产的元阳神草，终于又奇迹般地长出一条新胳膊；还有韦小宝，看起来很花心，但种种迹象表明，他本质上是个深情的人，当然还有其他一些疑难问题。

"你可真厉害！"沈盈说。

有天夜里，晚自习下课后，我和沈盈并肩推车走出校门。我终于圆满了金庸先生笔下故事里所有不完美的桥段，长舒一口气，望向天空，浩繁星空缀着一轮圆月，像金大侠愤怒的眼睛！

街道上划过一丝清凉的风。沈盈下意识地缩了缩脖子，如小鸟抖动着绒毛一般，轻声说：

"下个月学校的文学社要搞征文比赛啦，你有兴趣跟我一起参加吗？"

"我？"

"试试看啦，我觉得你讲的故事很好玩。"

要知道一个差生得到一个女学霸的肯定，是多么荣耀的一件事。在那个四下静寂的夜里，我并没有多想，就一口答应下来。那个周末，我跑去新华书店，背了整摞的作文书回来，堆在自己的床头——为了避开同学们的注意，我并没有带一本书去学校，只是每晚回家之后，胡乱扒拉几口饭，就猫在自己的床上啃作文书。

一个月后，我在校广播站的广播里听沈盈念到了我的名字——小说组二等奖——虽然我无数次地在校园广播里听到过她的声音，可是那一天，在她念到我的名字的时候，那种异样的清脆悦耳，让我忽然体验到一种久违的怦然心动。

奖状是沈盈代我领来的——她是散文组的一等奖，为了表示对她的感谢，下了晚自习，我请她去校门口吃了羊肉串。沈盈边吃边说：

"你打算考哪个学校啊？"

"啊，我？暂时没想好——"

"我想考传媒大学的播音专业，学理科也不是我的爱好啦！"

"可是你的理科成绩这么好。"

"但是，播音才是我的真爱。目前这个阶段，总要先把成绩搞好。"

这番话让一直自暴自弃的我无地自容，脸上一阵阵火辣。吃完羊肉串，我和沈盈并肩走在学校的梧桐树下，沈盈轻声地哼唱起一首老歌：

"山川载不动太多悲哀，岁月禁不起太长的等待，春花最爱向风中摇摆，黄沙偏要将痴和怨掩埋……"

夜风掀起沈盈的短发，空气中弥漫着一股梧桐树花蜜的甘甜味道，就在那个瞬间，我觉得她肉嘟嘟的笑脸无比迷人。沈盈一步一跳地走在前面，毫无征兆地转过身跟我说：

"我觉得你很会讲故事，有没有想过以后去当一名作家？"

"作家？"我的心狂跳起来。

你的青春里，一定有这样的瞬间，它不惊险刺激，也算不上浪漫温馨，只是再普通不过的微风、花香和短发姑娘，而那个在不经意回头时的简单笑意，却深深地改变了你的人生轨迹；你的青春里一定也有这样的朋友，她可能是你的同学、远亲，或是萍水相逢的陌生人，你们的人生也许并无太多交集，只是偶然的一次交汇，却有着天光云影般地闪亮，深深地根植于你的记忆之中。

因为遇见她，想到她，你也愿意努力成为更好的自己。

离高考还有大半年的时间，我开始发奋学习，戒掉了曾经挚爱的武侠小说，没日没夜地在书山题海里跋涉向前，想到沈盈，想到世上还有这样优秀而可爱的姑娘，心中便充满了不倦的力量。

沈盈高分考入中国传媒大学，我则刚刚上了本科线，只能在北京读一个很普通的本科。一年后，沈盈因为成绩优异，申请转专业，终于学了心仪已久的播音，而我依旧成绩平平，除了看书消磨时间，偶尔在报纸上发表一些短篇小说，人生并无太多趣事。有一次我终于鼓足勇气去学校找沈盈。在去学校的路上，我还犹豫要不要买一束花送她，最后买了一个话筒形状的水晶吊坠，揣在口袋里，嘴里轻快地哼着一句"山川载不动太多悲哀，岁月禁不起太长的等待"，漫步在她的校园中。

北京的秋天，天空蓝澈而高远，太阳像个玻璃片似的嵌在晴空之上，明晃晃的，照得人心里直痒痒。沈盈和同学在阶梯教室里排练着一首诗朗诵，远远地看到我，就笑着飘了过来。我看到她那天竟然化了淡淡的妆，肉嘟嘟脸上的婴儿肥已然消退，宇宙无敌美少女般的清朗扑面而来。我心里觉得美得有点不真实，傻傻地看着她，思索着怎样才能把路上精心淘来的小礼物拿给她。这时，有个高大的男生，从教室里跑出来，热络地跟我打了招呼，拍拍沈盈的肩头，随意却亲切地叫着她：

"小盈，让你的同学留下来，咱们一起吃晚饭吧！"

沈盈羞赧地点着头，匆忙地问我愿不愿意留下来。我僵硬地挤出一点儿微笑，手里把那个话筒吊坠攥得紧紧的。沈盈陪我走向操场，我攒了好多感谢的话要说——我想说"谢谢你，让我遇见你"，想说"因为有你，我也有了生命的目标，让我下决心做更好的自己"，想说"今天的你，看上去好美丽"，可是我终究什么话也讲不出，我完全不是一个能把自己的故事讲好的人。我和沈盈像一对配合默契却沉默无言的卫星一样，一圈一圈地在操场上环绕着。

末了，她问我："你还在坚持写作吗？"

我像是抓住了救命稻草似的说："写，还在坚持写，当初要谢谢你……"

"你啊，想象力那么丰富，可以在这条路上走得很远啊！"

"为什么说是想象力丰富？"

"嘿嘿！"沈盈笑着说，"上高中那会儿你编的那些武侠故事，不都是你自己想象出来的吗？"

"编的？"我一时语塞，傻傻地问，"你……你……你怎么知道我没看过金庸的修改稿？"

"乔峰救阿紫那段，那个神医，嘿嘿，赛过朱丹溪——朱丹溪是元代名医啦，乔峰是宋朝人，嘿嘿，宋朝人怎么能知道元代会出这样的一个名医……"

"我……"一瞬间，我被自己惨淡的史学储备，羞得说不出话来。

"不过你讲得很精彩，就算我知道你是编的，也非常愿意听你胡编下去！”

　　我终于在那个夕阳染红天空的黄昏，逃离了沈盈的学校。我的脸也像那日的天空一样红热。此后，我和沈盈鲜有直接联系，我只是在同学口中听说她毕业后去了武汉，如愿地在武汉广播电台做了一名主播。我则在毕业之后进了浙江的一家研究院，此后五年，陆陆续续地写了很多关于青春、爱情、梦想的小说，出版了多本小说集，甚至我写的故事还被拍成了电影，搬上了大银幕。沈盈在电台做着一档分享故事、推荐图书的节目，无意间读到一本署名“午歌”的作品，找出版社联系，才发现原来是自己的老同学，于是，便趁着我来武汉大学开分享会的档期，约我来做她的节目嘉宾。

　　这也许就是所说的造化弄人吧！沈盈和我的生命并无太多的交集，或许只是青春期一个不期而遇的怦然心动，可正是因为她，我却愿意不断鞭策自己，成为更好的人。她像是一面雪亮的镜子，一颗寒夜里的星辰，一次生命里云影交际的偶得，足以让我平淡无奇的人生旅程，有了闪闪发光的回忆；足以让我照见自己，找到方向，感念终生。

　　“为什么会叫午歌呢？大约是很多年前，我遇到过一个女孩，在我青春迷惘的少年时代，在一个普普通通的晚上，她给我唱过一首简单的歌，让我一生铭记。”我在电台里一字一句地说道。
　　“那么午歌是午夜之歌的意思吗？”沈盈淡淡地问。

"嗯，有时候一首简单的歌，却足够让人终生快乐，希望大家喜欢我今晚的故事。我是午歌，是你午夜梦回时的一首小情歌。"

沈盈笑起来，那个干净而温和的笑容，让我想起很多年前的一个夜晚，她在梧桐树下轻轻地歌唱："山川载不动太多悲哀，岁月禁不起太长的等待……"

明前茶与波斯猫

明前茶是他的初恋寄来的。

时间还在三月里，日光金贵，特别是在一个暖洋洋的午后。他从快递小哥手里接过包裹，看了地址，却没有急着拆开，只是端正地摆在桌上的一簇阳光里。

蓝眼睛的波斯猫是去年夏天意外捡来的。一场暴风雨过后，小家伙蜷在他的窗外喵喵直叫，他开窗将它迎了进来，用一条长浴巾为它拭去了浑身的水——它的蓝色眼睛是海洋的结晶，他望了一眼，便沉醉其中。

他有新书出版会想着第一时间寄去给初恋。他会在封面上写些常见的问候文字，签名简短而娟秀，仿佛唇角隐秘的微笑。

大概四年前，他的第一本小说出版，她读到后，通过出版社联系上了他——多年未曾联络，生分地寒暄了几句，他们便找不出合适的话题让谈话继续，但好像一时又舍不得挂断电话。

她说，新收购了一家茶厂，不如寄些明前茶给他。

他说，好。

电话里又陷入沉默，片刻，他和她竟然异口同声地说了句"珍重"，才化解了最后的尴尬。

蓝眼睛的波斯猫其实很喜欢他写作时的样子。

他有豁亮的脑门，在月光下扭亮台灯时，额前便闪出"床前明月光"一般的智慧与温柔。它起初不太懂这位新主人，他总是双手在键盘上一阵忙碌，自言自语，时而又停顿下来沉默无声。他有时会望向它，浅笑一眼或者泪光点点地继续埋头写下去。

它想，在它爱上男主人之前，他一定先深深地爱上了它。不然他怎么会抚摸它狭长而性感的背，又在它海蓝色的眼睛里陷入深思？

明前茶的味道其实很寡淡。茶叶在沸水浇灌的瞬间向四周旋开，跌跌撞撞地挤满透明的玻璃杯，叶片翠嫩，上下弹跳，像一场青黄不接的爱情。

他并不急着拆开包裹，就像他静静地看着泛满油光的茶汤，并不急着饮下一样。亨利·米勒说，忘记一个女人最好的办法，就是将她变成文学。他的文学里曾出现过不同的女人，但当他用一杯滚烫的明前茶引燃思绪，水汽袅袅，茶香弥漫了整个房间时，他的指尖却只有一个女人的文学。他浅浅地呷上一口，明前茶的味道其实很寡淡，寡淡得竟有些纯澈。

蓝眼睛的波斯猫讶异的是，他的目光会彻底地从它的身上消失。

但它不甘心，它喵的一声蹿上写字台，在盛满茶汤的玻璃杯壁上，恍然照见眼球凸起、面颊臃肿的自己——可恶，为什么这杯茶水要丑化自己？它又蹿回沙发，在蒲团垫上伸出尖巧的舌头，轻舔着自己的胡须，一副顾影自怜的可人模样——但他竟然毫无察觉。

明前茶的杯子里，叶片渐渐沉入水底，那种浅薄的绿色，并不像它的蓝眼睛一样高贵而优雅。他开始在电脑前疾速书写，啪啪啪地敲击键盘，宿命般地在完成某种庄严的仪式。它发现自己再没有出现在他的眼睛里，那杯可恶的明前茶就放在他的左手边。阳光很好，在透明的玻璃杯壁上熠熠生辉，而于它而言，更像一种明晃晃的挑衅。

到底那玩意儿有什么魔力？

它终于忍无可忍，壮着胆子跳上书桌，并假装不经意地用自己健硕的身躯，毫无征兆地撞在明前茶的玻璃杯子上。

啪嚓——杯子应声落地！

他叹了口气，扭身折进厨房，拿来拖把和扫帚。

它趁机蹿了过去，伸出舌头，卷起残破玻璃片上的一汪茶汤——"明明是苦中带涩的液体，有什么值得欢喜的？"它不明所以地跳开。

这时他的手机响了，他明显地沉了沉气，按下接听键，说道：

"嗨，收到了，好喝，很喜欢！"

蓝眼睛的波斯猫终于按捺不住愤怒了，它始终不明白，为什么它的男主人会为一杯明前茶说谎。它径直冲进后院，跳出樊篱，在一棵正落叶的香樟树下踱来踱去。

"对了，一直很想问问你，茶厂那边的生意怎么样？"他说。

"其实生意不好，前年已经盘给朋友了。看你说喜欢，就赶在清明前，从朋友那边买了一些。"她说。

夕阳完全沉沦后，蓝眼睛的波斯猫才返回家中。书房里熄着灯，波斯猫疾步冲进来，却不承想被地板上的玻璃碴子刺痛了脚掌——是那杯破碎的明前茶最后留下的——"明明是苦中带涩的液体，有什么值得欢喜的？"它轻巧地踩过去，就像什么都没发生过一样。

这世上的人有很多爱，一如这世上的人有很多恨，都似乎只是沉浸在自己的世界中，像波斯猫在明前茶的玻璃杯前照镜子一样，像我们固执地认为远方有一个让自己拿不起也放不下的人一样。

见习男神

题记：

　　传说中，爱神有两支箭，金箭让男女双方一见钟情；铅箭让曾经的恋人永远忘却。

　　从尖沙咀弥敦道的鱼丸店出来，我扶着丘比特晃晃悠悠地到马路对面买咖啡喝。近来他的眼病越发厉害，尤其是晚上，时常看不准东西。

　　"你小子真是走了狗屎运，刚入天堂，就被委派做了见习爱神！"丘比特腆着肚子，用食指和拇指从上门牙缝里抠出一绺肉丝来，顺手弹向空中，漫不经心地说道，"不会是你爹给你托人了吧？"

"没有啦！本来命不该绝的，只是爱过一个不该爱的女孩，一时失足丧命而已。主事天使说，看我是个实诚人，所以派我来做你的助理喽！"

"你来了也好，正巧我在生眼病。不过，话说回来，你还惦记着从前那女孩吧？"

"没有啦！"

"没有最好，做爱神呢，最重要的是有些事要忘得干净。"

操着一口熟练的TVB腔，丘比特一手捋着肥厚的肚腩，一手钩住我的脖子，兴奋地吼着：

"你是我的眼，带我穿越拥挤的人潮……"

夜色很好，十二点钟之后，一轮新月镰刀似的挥舞到中天，泛着冷艳的银辉，仿佛要收割满天星斗。

丘比特伸出肥硕的翅膀，一把抓住我，带我飞到位于西九龙柯士甸道的环球贸易广场顶楼的天台上。这是全香港最高的建筑，置身楼顶，身披星月，可以俯瞰整个九龙和维多利亚湾。上班一个月，我对这里的办公环境赞不绝口。

从前，我以为全世界只有一个爱神丘比特。他是娇萌小鲜肉，Q弹又爽滑，但实际上我错了。地球那么大，站得再高，再有上帝视角，每天有那么多人告白，那么多人离开，一坨小鲜肉还是远远不够的。于是，主事天使在天堂展开招募，更多的小鲜肉、少年鲜肉、中年肥肉和老年腊肉不断地充实进了爱神队伍，丘比特的执事区域也被逐渐细化，像我的考评官，仅仅是负责从九龙到新界两个区域的晚班。说白了，丘比特已经成为一种天神身份的象征，就像广场上跳舞的大妈一样，有时籀起红袖套，为人家免费指路；有时捧着安全套，挨家挨户送去祝福。

"莎士比亚说，爱情是一种疯。但是他错了，爱情是一种病！"

抚摸着腰间金色和铅色羽箭的丘比特，慢悠悠地补充道："爱情不过是一种病，一种外科创伤性疾病，男女双方在一见钟情时，制造伤害，愈合伤口却要花上一辈子！"

"那会是一道美丽的伤口吧？"我反问。

"你太年轻，一定不懂爱！"丘比特说罢，挺直肥硕的腰肢，缓慢地弯弓搭箭，一支金色羽箭应声射出，穿过层层云霄，精准地射进钵兰街上一个长发飘逸的男人的胸腔。那男人起先手执砍刀，正杀气腾腾地指着报亭边忙着收摊的卖报小妹，就在羽箭刺入胸腔那一瞬间，男人放下砍刀，转身拢过身后的一票兄弟，双颊红润地说：

"你们先回吧，做点小生意其实也不容易，我等下请她吃夜宵！"

"你妹的，射偏了！"丘比特拍拍脑门，近乎自责地瘫坐在地上，喘着粗气。

"本来打算射哪个？"

"KTV门口那个搂着超模的阔少喽！"

"为什么是他？"

"他刚刚在心里向上天祷告，求爱神帮忙，如果今晚他遂了心愿，愿意拿出二十万去支持教会啊！"

"不如我再补一箭成全他？"

"算啦！刚走出来的时候，他看到有帮会在街上做事，就自己转身折回了包厢——看样子对那个超模也不是真爱啦！"丘比特点上一支香烟，将弓箭摆在身旁，悠悠地抽起来。

"看那边，海港城夜宵摊上，有个男人好像正要对一个女孩表白！"我睁大眼睛，试图看得更加仔细。

丘比特从怀中掏出一个Pad，瞄准那对男女的方向，按下了捕捉键。

画面和声音很快被捕捉进来，丘比特只顾自己抽烟，留我一人捧着Pad观看。那对男女好像是大学生，男生已然喝醉了，嘴里含含混混地讲着酒话，女生架住他，有点吃力地向前走着，他们的身后还跟着几个摇摇晃晃的学生模样的人。

"沈青，其实我心里一直有你！不要走，陪我一起留在香港吧！"男生喃喃地说。

"哼！跟人家表白，还要借着酒劲，真没勇气！"女生心里的默默独白，被丘比特的Pad以文字的形式，在荧屏上显示出来。

原来是大学毕业生的散伙饭表白——我猜那男生一定暗恋女生很久，绝不是一时冲动说了酒话，只是大限将近，再不借着酒劲说出来，恐怕要一辈子遗憾了吧。

"沈青，你不要走，陪我留下来，让我照顾你好吗？"

"你再这么怂包，我可真不管你啦！"女生心头一颤。

夜色中，男生放开搭在女生肩膀上的手臂，插进自己的牛仔裤里摸索着，刚要迈开步子，却一个趔趄，重重地摔倒在地上。

"干吗不白天正式跟人家表白，当着这么多同学的面，借着一身酒气，你真是没诚意！"女生终于自顾自负气地走开。

"嘿，姑娘，给他个机会吧！"我慌忙起身，闪电般抄起地上的长弓，"嗖"——一支穿云箭，千军万马来相见！

那女生已向前走出几步，在中箭的刹那，忽然转身走向倒地的男生。而此时，男生正吃力地抽出压在身下的手臂，从他的牛仔裤兜里，竟然抠出一枚钻戒来。月华如水的夜里，这枚钻戒在黑暗深处绽放，泛满艳光，露珠一般，莲花一般，咒语一般，瞬间，让身边所有同学都欢呼起来。

"哇塞！幸好我射准啦！"我长舒一口气。

"你妹的，谁让你动我的爱神之箭啦？！"瘫坐在地上的丘比特忽然一个鲤鱼打挺翻坐起来，像一大坨急着上架的新鲜白肉似的，豁然屹立在我的面前。

"可他们明明是真爱啊！"

"真爱又怎么样？我告诉你，我们是有组织、有纪律的团队。他们在心里祷告了吗？求神帮忙了吗？你这样低姿态地上赶着倒贴，是没有资格做爱神的！"

说罢，丘比特愤愤不平地掏出见习生考评簿，在第一行画了一个凌厉的"×"，然后补充写道：做事鲁莽，难成大器。

真没想到，我的三十天见习期快要结束的时候会遇上这样的问题。我有点心灰意冷，捧着弓箭，恭敬地递到了丘比特的手中。

已经过了凌晨三点，荃湾的一间出租屋里灯还亮着。一对青年男女正在房间打包衣服。

女孩说："阿狸，不好意思，我没想到我爸妈会突然回来，其实和你合租这三个月以来，一直都非常愉快。"

埋头收拾衣服的阿狸憨憨地说："没关系啊！阿玉，父母的担心我能理解，我只是怕你大大咧咧的，照顾不好自己。"

"放心吧！"阿玉答道。

"去查查看他们三个月前的情况喽！"丘比特说着，点开Pad上时光轮盘的APP，转动轮盘，我和丘比特身旁的时空瞬间被调整到三个月前。

"哇塞，原来这个Pad的功能如此强大！"我在心中暗自感叹。

三个月前，阿狸和阿玉在一个国画班上初识。因为有绘画的共同爱好，两人很快成为朋友。

阿玉那时独自在荃湾租了一套两室一厅的居室，位置很好，费用也超高，于是发微信朋友圈求助，诚征合租室友：无不良嗜好，有正当职业即可，男女不限。阿狸第一个点赞，第一个回复："要不我来试试？"

阿狸是那种细心又爱干净的男孩子，搬来合住后，处处照顾着阿玉的生活。有时加晚班回来，会特意买叉烧饭为阿玉加餐；有时趁着阿玉加班，便把客厅、厨房、卫生间彻底地清扫干净；还常上网淘一些阿玉喜欢的画笔，谎称是街角正好撞见，顺手买了送她。

"阿狸心里一定住着阿玉喽！"丘比特撇撇嘴角，淡淡地说。

"可阿玉心知肚明，却还是觉得阿狸不够来电哪！哎……"读着阿玉的内心独白，我叹息道。

丘比特重置了时光轮盘，时空被定格到三天前，原来阿玉的父母要从国外回来，他们希望能和阿玉长期住在一起，于是作为普通室友的阿狸也只能无奈地单飞了。

"真替阿狸可惜！也许再相处一段时间就能擦出火花，捕获阿玉的芳心了！"

"那又怎么样？他们谁也没向爱神祈祷过。"丘比特关闭了Pad，我们又回到荃湾出租屋外的星空之上。

"也许错过了，就永远错过了！"我急得直跳脚。

"小子，你又想怎么样？"丘比特白了我一眼。我急忙收回在爱神之箭上垂涎的眼神，说道：

"快点！丘比特，快让我做点什么！我不用你的爱神之箭，请随便让我变成苍蝇、蚊子、蟑螂什么的冲过去，我要为他们做点什么……"

话音未落，我被一阵疾风卷起，猛掷向几千尺外的出租屋。我在油光可鉴的地板上照见了自己的影子，一只六足健硕、身体肥厚的蟑螂——这画风显然符合丘比特的审美——我的唇角划过一丝狡黠的微笑，然后用尽全力，一股脑儿地冲向阿玉。

"啊！"阿玉果然尖叫着跳了起来，扑通一下扎进阿狸的怀里。

"快点，哥们儿，请用你的鞋底子给我来个爽快点的——让这次伟大的英雄救美足以成就一段美满姻缘吧！"我壮怀激烈，不顾一切地向阿狸冲了过去。

"哇啊！"阿狸这软蛋居然也跳了起来，发疯似的从身后抱住阿玉，吓得脸色惨白。

"不是吧，哥们儿！你连蟑螂也怕，以后还怎么保护妇女儿童？"我在心中暗骂。

倒是阿玉强装镇静，将一身鸡皮疙瘩的阿狸掩在身后，抄起写字台上的一本杂志，卷成蛋卷状，朝我挥舞着。

"阿狸别怕，有我在！"

我丝毫没有畏惧，深吸了一口气，铆足了劲头再次向阿玉发起冲锋！"啊啊！"阿玉果断地尖叫着放弃了抵抗，她闭上了双眼，甩飞了蛋卷，转身扎进阿狸的怀里，瞬间，两个人就滚到了床上！

又一阵疾风吹起，我被丘比特卷回到星空之上。本以为他会对我刚才的神勇大张旗鼓地表扬一番，谁知他只是慢悠悠地掏出考评簿，在第二行打上一个勾，并补充写道：机智且勇敢，是个好苗子！

整个过程，他岿然不动地戳在那儿，淡定得仿佛夜晚路灯下的一个邮筒。

"小子，别再看啦，后面就是少儿不宜啦！"丘比特打着哈欠，拽来一朵云彩，遮在荃湾出租屋的上空。

已经过了四点，东方晨曦微茫。丘比特困得有点撑不住了，他靠在天台的广告牌上，揉着眼睛跟我说："天快亮啦，你盯一会儿，记住，如果没人向天祈祷，绝对不能擅用爱神之箭！"

话音还未落实，丘比特的小呼噜已冒着泡似的从天台上升腾起来。

这真是个千载难逢的机会，我轻轻地从丘比特的口袋里掏出天神Pad，双击App，时空被我切换到不久前，我和一个相恋八年的女孩分手的晚上。

那天的夜空，月亮瘦得形销骨立却出奇闪亮，像一把镰刀，一个问号，一朵死不瞑目的微笑。我的心狂跳起来，穿过稀薄的云层，清晰地看见自己满怀憧憬地站在钟楼下等待女孩的到来。

"我们完了，分手吧！"

"究竟是为什么？小莹，是你的父母坚持不同意吗？"

"八年了，我觉得所有的情分都耗尽了！分手吧，你已经不在我心里啦！"

我呆呆地站在街中，双腿僵直，有一种被当面羞辱的感觉。小莹用高跟鞋在回廊里敲出了华丽的音符，像带着一串讽刺的感叹号似的，转身离开，再未回头。我在夜色深处徘徊，掏出手机想最后打给她，准备唱一首从前的情歌，试图挽回这场被挫败的爱情。

讽刺的是，她的电话一直是忙音状态。那一瞬间，我失望至极。我将自己的手机抛向了不远处的水湾，手机碰触水面时忽然发出一阵尖啸，闪着白色荧光，迅速下沉。

"会不会是她回心转意了，又回拨过来？"我看到那天不会游泳的自己，竟然奋不顾身地冲进了深水湾，为了抢救一部落水的手机，最终挣扎着沉入水底，离开了这个世界。

说过一千次要忘记小莹，却还是这样不争气，会想起，会惦记，会情不自禁，会不能自已——我的眼眶又一次湿润了——丘比特说得对，能成为天堂里的爱神，我已经是走了狗屎运，我不要回头，我愿意永远忘记。可我的手指还是不听使唤地切换了时光轮盘。

时空被转换到小莹的世界里——对，是她。她走出钟楼回廊时已然泣不成声，她用鞋跟拼命踩出声响，生怕站在身后的我看出破绽。她企图疾步跑开，却又意外地摔倒在地。她瘫坐在地上，脚腕红肿，疼痛难耐。她掏出手机，忍着眼泪，打给重症监护室里的父亲。

"爸爸，我已经和他彻底说清楚啦，请快点答应医生用药吧！"

挂断手机，她飞速回拨了我的号码——忙音，长久的忙音。她咬牙强撑住地面，缓慢站直身体，一步一瘸地走回钟楼。她四下张望着，不停地呼唤我的名字。

不远处的水湾，人群嘈杂起来，她依稀听到了"有人落水"的呼喊。

"神啊，请帮帮我，千万不要是他，否则……"她强忍着脚上的剧痛，一步一步拼命向人群聚集处挪过来。

我再也无法控制自己，战栗着冲向丘比特，抽出一支铅箭，用尽全力射向小莹！

她中箭了，在一步一拐地走向人群聚集的水湾时，精准无误地被我用一支铅箭射穿胸腔——那是爱神为了让世人选择永远忘却而打造的神箭——她终于在街角停了下来，穿过马路，就近跳上一辆出租车驶向医院。她靠着车窗坐下，一言不发，透过窗外稀薄的云层仰望苍穹，看到嘴角上翘的月亮，似乎，会心地笑了。

天台顶上，天光已然大亮，我回身望向丘比特。不知何时，他已经直挺挺地站在我的身后，在考评簿的最后一栏上，轻轻打上一个勾，并未写下任何信息。他走上天台的一角，刹那间扑闪出巨型双翼，抓紧我的双肩，直冲云霄。

传说中，爱神一直有两支箭。金箭让男女双方一见钟情，铅箭让曾经的恋人永远忘却。从前我一直疑惑，为什么让人忘却的铅箭，也能算作是爱神之箭。后来我懂了，有时候最好的爱，不过是让对方双手放开，永远忘怀。

丘比特越飞越高，穿过铅灰色的云层，金色的阳光如千万支爱神之箭，直插进我的胸腔，让我在千万次的深爱中死去，又在千万次的涅槃中醒来。脚下的星球越来越小，我再也看不清众生仰望苍穿时的眼神。我终于情不自禁地流出了眼泪，密集的疼痛迅速在我的后背聚集，沿着椎骨两侧径向横张。恍惚间，我听到骨节开裂的声音。云层之上，我竟也生出了一对洁白而浩大的翅膀。

　　"嘿，小子，你现在是真正的男神啦！"

梧桐是棵相思树

我的家乡在华北平原中部，那里到处生长着高大茂盛的梧桐树，有时远远望到一棵梧桐，优柔地舒展枝叶，在苍莽的天地间，顾自招摇，一种对家的感应倏然腾起，脚下的步子也便结实起来。

我三岁时随爷爷、奶奶一起搬进新居，单元门的门口就栽植着两棵梧桐。起初他们只有碗口大小，后来竟发福生了水桶腰，到了现在，二十几年光阴，两个成年人也无法将其合抱。那时，奶奶总在树下喂我小米粥，一勺一勺。偶尔我顽皮地围着桐树跑圈圈，奶奶竟能绕过树干，从容地一把抓到我。

一进四月便不得了，一树淡黄色的细花从枝条间疯长出来，一夜就能挂满枝头，张灯结彩一般。那花带着甜滋滋的香味，迎风能飘得老远，整个城市似乎都沉浸在这种喜庆的味道中。偶尔会落雨，雨点砸在花蕊上，溶下花蜜，倒翻花冠，飞溅在树下人们的衣服上，仍是香香黏黏的千丝万缕，柔肠百结。

梧桐树是先开花，再发叶的树种。抽芽后的梧桐树枝煞是可爱，嫩嫩的芽苞，从棕青色的枝条上横逸出来，像古时孩童头顶顽劣的总角。那种清新的黄绿色，在东南风乍起时，仿若翠微欲滴的眼泪，凝结在高处，欲说还休。

那年，我已五岁，常听住在楼上的小叔在梧桐树下晨读。临近高考，他起得很早，打开收音机，想来大约是诵读着"I love my country. I love my motherland！"一般的句子。我人生第一次听到了英语，那声音是卷曲的、舒缓的，美极了，像一场沉静而绵密的梧桐夜雨。

母亲常说，小叔极用功，一定能考上理想的大学，一定会有一个好前程。

到了八月，梧桐树的叶子浑然肥厚起来，像二师兄招摇的大耳。树冠峻拔，风华正茂，树荫遮天蔽日，引来一树叽叽喳喳的麻雀聒噪。学校里传来消息，一向成绩很好的小叔高考失利了。印象里，我从未看到他在家里唉声叹气过。他每天仍起得很早，打开收音机，端坐在树下。麻雀依然吵嚷，偶尔有粉嫩的喇叭形的花朵从树顶飘下，只是我再未听到过，他美如梧桐雨落般的英语朗读。

小叔在隔年成婚，那时他已经在市里的邮电局上班。婚宴就摆在两棵梧桐树下搭起的帆布棚里，陆陆续续地来了很多客人，吵吵闹闹胜过树顶的麻雀，灶台上的炖肉香与米香也很快淹没了梧桐树上那甜滋滋的味道。我沿着粗壮的树冠爬上去，看到二楼纱帐里端坐在床角的新娘子。她施了淡薄的脂粉，腮红浅浅，看到我，远远地笑起来。脸上的雀斑霎时从粉底中蹦跶出来，又埋伏进去，像夜空下一朵粲然绽放的礼花。

又隔年后，礼花婶子生下了小弟。小弟的哭声很大，甚至有时在雷雨夜，在疾风扭得梧桐树冠吱呀作响时，我都能清晰地辨识出他的哭喊声。礼花婶子怕小弟饿到，奶水喂食得很是及时，也因此，小弟尿床的本事卓绝，在家里晒不下尿布时，就到楼下的两棵梧桐树间，拉一条细细长长的铁丝。于是，一架尿布齐整整地挂满树间，仿佛迎风招展的人生，就此扬帆远航。

那些年，那些梧桐树下的日子，花香、鸟语、琅琅的读书声和透过墨绿色叶子打在尿布上的明晃晃的光斑一起，见证了我孩提时代的万物生长，轻灵澄澈，仿佛纤尘不染，悠然无虑，似乎不会老去，只可惜，转眼我们就长大了。

我的大学校园里，也栽植着很多梧桐树，尤其是女生的宿舍楼前。

到了晚上，校园的情侣们轧完马路和操场，赶着宿舍楼上锁前，就在梧桐树下完成最后的缠绵。

女生们常羞赧沉静，倚树而思；男同学则目光如炬，远远看，仿佛一个人傻乎乎地对着一棵梧桐树侃侃而谈。到了熄灯时间，宿管阿姨一嗓子戳破大天：

"——姑娘们，到点啦，送客吧！"

于是，女生们纷纷从树干间幻化出人形，或惊鸿一瞥、或深情一吻地做完最后的礼仪，然后像追随暖流产卵的鲑鱼一般，迅速洄游。最妙的是在六七月，花香旖旎，风间甜腻，天上涂画着一抹特仑苏的月，女生们从寝室的窗棂里最后探出头来，牛初乳一般的月光泻了满树满地。窗外的男生们，已然熟稔地衔上一支烟，火光点点，在梧桐树下散开游走，像夜色中扶摇的萤火虫。

或许世间最美的爱情不是白头偕老，而是在那一瞬，我已然决定和你老下去。

只可惜我那时的女友远在千里之外的南国。我偶尔瞅得宿舍楼外树下缠绵的情侣，恨得咬牙切齿，恨不得立马跳上火车，远涉江湖，一夜间晃荡到她的身边。再后来，她真的在暑假来学校看我，那时满树的梧桐花开得正烈，淡紫色花冠镶着粉白的花瓣，壮硕丰盈，像响铃一般招摇。

我返回宿舍换衣服时，特意从窗户里望下来，她穿一袭白裙伫立在树下，看到我，浅浅地笑起来。我甚至清楚地记得，那一刻，满树紫色的梧桐花，亮了。

大四时我跨专业考研，常常赶早在学校南门的桐树林里晨读，朗诵"I love my girl. I love my future！"一般的句子。梧桐叶已然变得焦黄，被西北风一捋，酥脆地飘散在风中，喳喳作响。

孟郊在《烈女操》中写道："梧桐相待老，鸳鸯会双死。"像诸多劳燕分飞的学生情侣一样，我在毕业前夕也和女友分手了。她打电话来问我，之前写过的那些情信怎么办，要不要退给她。

三月里，学校组织了一次远赴西柏坡的植树活动。我在亲手栽植的一棵梧桐树下，将所有情信打包埋在树根旁。亲手培土掩埋，洒水浇灌。不知道多年以后，这棵多情的梧桐，是否能开得如《诗经》中勾描的那般"萋萋妻妻，雍雍喈喈"，在某个寂静黄昏，或璀璨月下，独辟浓荫，顾影自怜。

六月中，梧桐树的花蕾风头正劲。我孤身踏上行程，前往我只能叫作"前女友"的家乡去工作。陆陆续续地和大学同学们作别，在宿舍楼外，我最后一眼望向那棵会发光的梧桐树，提笔写下这首小词：

春上梧桐，姣姣佩欲红。芳华擎独立，婷婷舒月瞳。
有怨甘为寥落，无心不羡东风，恍然曾一梦，凭冠戴华铃。

我在三岁时随爷爷、奶奶一起搬进新居，生平第一次看到了美丽的梧桐。

如今，当年在树下朗读英语的小叔已经做了邮电局的局长，小弟也顺利地读完大学。我从江南放假回家小住，赶着节后又匆匆返程，从前可以在树下一把抓住我的奶奶，现在也只能脚步蹒跚地送我到家门口的梧桐树下。

我走出几步后，驻足回望，奶奶仍倚着树干向我挥手，于是，我便不忍再回头。

　　身后高大的梧桐，拼命在苍莽的平原向上生长，而我脚下的步子又变得结实起来。

当我不相信浪漫，我该如何谈爱情？

　　说起来，我已经有很长一段时间写不出让自己满意的爱情故事了。自从和安娜分手，我便搬到郊外的寓所。窗外的原野辽阔，黄昏时分，天空会忽然垮塌下来，晚霞伸出一条猩红的舌头，卷走西天里最后的一点光亮。

　　安娜时常会出现在我的梦里，还记得一年前，我正在为我的第二本治愈系情感小说集冲刺，整日在家对着电脑闭门造车。临近圣诞节，我买了一大束白玫瑰跑到安娜的单位，希望能制造一个浪漫的惊喜。

　　下班后，安娜远远走出大楼，步履轻盈，她没看到我，径直走向了一辆银灰色的尼桑蓝鸟车。果不其然，鸟车上正坐着一个鸟人，他探出脑袋，向安娜发送出一个焦煳的微笑，灿黄的牙齿一闪而出，活像一截烤玉米。

　　我慢慢摸出手机，打给安娜。

"安娜，你在哪儿？"

"我……"

"那个男人是谁？"

"大忙人，咱俩黄啦，专心跟你小说里的姑娘谈情说爱去吧！哎——其实我原计划了平安夜再告诉你的。"

"你真是个好心人！"

"我和他才认识没几天。"

"是吗？祝你们一见钟情，鸡犬不宁！"

"祝你他妈的不幸福！"

安娜终于在电话那端放出狠话，我再次从梦中惊醒——幸好刚刚醒得及时，我擦掉额头上渗出的汗水，打开电脑。我的责编在E-mail里说：

"Hi，小子！还差三篇爱情故事，争取在圣诞节前截稿，你要抓紧哦！"

天还未亮，冬日的寒星在蓝丝绒一样的夜幕里闪烁着微芒，像一双双充满期待的眼睛。我习惯性地给自己冲了一大杯黑咖啡，在电脑前坐了下来。对着Microsoft Word苍白的界面，陷入贫乏而无助的深思——"关于浪漫"——我已经好久没试过爱情的滋味了。

不知什么时候，门外发出一声声"喵——喵——"的叫声，我打开房门，一只棕色长毛的圆眼肥猫拖着一条大扫把似的长尾巴，瞪着柠檬色灵动的眼珠，正楚楚可怜地和我四目相对。

"亲爱的，你一定是饿了！"

我把肥猫抱在怀里，轻轻抚摸着它，拉开冰箱，用米饭和卷心菜为它做了一大份菜泡饭。小家伙果然是饿坏了，十分欢快地将盘子舔了个底朝天。

第二天下楼取包裹的时候，我看到电梯厅门口贴着一张"寻猫启事"，上面用娟秀的钢笔字写着："本人系302住户，昨夜遗失一只长毛棕色缅因猫，请拾到者速速联络，必有重谢！"

我抱着肥猫敲开了三楼的房门。

"哇哦！太谢谢您啦！"开门的女邻居脸上闪过异样的兴奋。

她穿着宽大而厚实的睡衣，长发垂肩，肤色白皙，干净的脸蛋仿佛用过美颜相机或者某种高级的PS软件一样白里透红。葱管似的粉颈下，锁骨峻拔有力，再往下看——Sorry，我似乎不该第一次就盯着人家姑娘看这么幽谧的部位。即便她也很大胆地正盯着同样穿着宽大而厚实的睡衣的我。我们像一对协作搭配的机器，热键启动后，依程序设定，立即开启了四目相对、上下扫描的初始化模式。

"不得不说，她是我心仪已久的那款！"我在心中打出一个响指，并顺便调低了脑海中配合男女主角出场的背景音乐，故作镇定地说："不客气，你好像刚刚搬来吧？"

"哪里，已经很久了，我记得去年圣诞节还在电梯里看到您捧着一大束白玫瑰呢！对了，我叫文茜。"她的声音很棒，散发着知性而迷人的气息，以至于我坐在她家的沙发上时，似乎还有一点迷醉的感觉。

"谢谢你帮我找回我的奥尼尔，太开心啦！"

"哦！我觉得它可能是饿坏了，所以才跑出家门去觅食的！"

"事实上，奥尼尔有一点儿高血糖，我在控制它的饮食。"

文茜的客厅里，摆满了一盆盆绿色植物。植物叶子的形状很奇特，仿佛是小鸟舒展的爪子，虽然是冬季，却绿得清新可人。

"嗯，我在一家药剂研究所工作，这些是黑嚏根草，是我们试验室特意培育的药用植物。"

我对植物的话题并无兴趣，随口应了一声："哦，什么药物？"

"一种可以提炼费洛蒙的药物。黑嚏根草里含有大量的藜芦碱、介芬胺及环巴胺，只要萃取它们的体液，就可以提纯出能治疗失恋抑郁的费洛蒙啦！"

"费洛蒙，就是可以让人感到快乐、温暖和幸福，爱得山盟海誓、死去活来的那种神秘物质吗？"

文茜朝我飞来一个明媚的微笑，顺便把手中的咖啡递给我：

"目前还是试验期，不过的确是这样！"

这时写字台上一个明晃晃的注射器引起了我的注意。那针头连同针管里的透明液体，映着黄昏的余晖，散发着一种诱惑的艳光。一个奇妙的主意瞬间击中了我的脑袋，我对文茜说：

"嘿，厨房里有糖吗？"

那天在文茜家，我做了一件伟大而不光彩的事情。在她扭身进厨房取砂糖的时候，我迅速起身，抄起写字台上装满萃取液的注射器，直接扎在自己左手臂的静脉上，又赶在她回来之前，迅速复原了现场，在沙发上极为妥帖地送上了一个同样真诚而明媚的微笑。

你知道的，为了尝试久违的爱情的味道，为了伟大的小说创作，一切冒险都是值得的。出于回报和良心，我送给文茜两本我的小说集，然后，赶在药物发作前，坐回了书房。

那一夜的书写得很流畅，我感到前所未有的温暖。故事就像在我脑袋里储存着的一桶色拉油，散发着温和而馨香的光芒，从大脑缓缓流向指尖，在Microsoft Word的白色界面上自由流淌，随着爱情的诞生，畅快地煎炸出一个外焦里嫩的情感煎蛋。

连我的责编都对我的故事感到惊奇，她在E-mail里说："嘿！小子，你的状态似乎又回来了！"

天知道，我已经很久没尝过这种模拟爱情的滋味了。

"我来看看奥尼尔，有点想它了！"

两天后，坐在文茜沙发上的我，双手暖着一杯卡布奇诺。

"你的故事写得挺有趣的。"

"是吗？谢谢你在心里收留它们。"

我起身装作漫不经心的样子在文茜的客厅里来回走动，寻找着那个闪着艳光的费洛蒙注射器——在奥尼尔身旁的椅子上，我惊喜地发现了它。

"我一直觉得你和其他的邻居不太一样。"文茜侃侃而谈，"每次在电梯里看到你，你都有种低调的严肃，好像时常陷入深沉的思考，嘴上挂着让人难以琢磨的微笑，眼神深邃而温和。"

文茜胸前一阵起伏，明显顿了顿，说："很让人钦佩的感觉！"

"天知道没有创作灵感的时候会多么让人抓狂，绝食、憋尿、灌咖啡、抽烟、酗酒、打飞机都毫无疗效！"一个痛苦的声音，在我心底挣扎着，呻吟着。

"呃，这个嚏根草什么时候开花？"我故作好奇地问道。

"应该就在这几天啦，对了，给你尝尝我新烤的曲奇吧。"

文茜说罢折进厨房，我冲过去像抓住救命稻草一样，抄起奥尼尔身边的针头，一股脑儿地将半管液体推进了我的手臂。

"嘿，你的手艺棒极啦！"走出文茜的家门时，我由衷地对她表示了感谢。

文茜朝我粲然一笑，双颊上露出淡薄的绯红，上眼睑桃花瓣一样闪动着。她掩上门，又轻快地打开，屋里温和的光，像巨大而结实的拥抱一样，倏然挤进了幽暗的电梯厅。

"要不要给你带一些曲奇吃？"

"相比而言，我更喜欢吃曲奇的时候，能见到它的女主人！"

"一言为定！"

"嘿，代问奥尼尔晚安！"

重返书房的我迅速进入挥汗如雨的状态，将一个充满幸福之光的故事，一点点地敲击在键盘上。天亮后，我再次收到了责编的夸奖：

"小子，最近超级棒啊，努努力，最后写一篇！"

这天早上，我额头上长出了一些红色小包，不知是不是费洛蒙提纯液的副作用，不管怎么说，我都在心中感谢文茜小姐。平安夜终于来临，我买了一瓶洋甘菊酒，按响了文茜的门铃。

"不确定你是否有约，不过，我还是冒昧地来了。"我心头掠过一阵暖意。

"其实，我刚刚想，等下烤好了，给你送一些姜饼的。"她有点惊喜地打量着我。

屋里的黑嚏根草已经开花，深紫色的花冠散发出一种神秘而优雅的气息。

"针头，针头，针头在哪儿？"我一边打开洋甘菊酒，一边展开了密集的搜索。

"你知道吗？黑嚏根草还有一个名字叫圣诞玫瑰，每到圣诞节时，她们总会开出妖冶的花朵。"文茜悠悠地说着，她的脸颊更好看了，我感觉自己似乎要爱上她了。

厨房里适时地传出一阵"叮叮"的铃响。我的脸烫得惊人，旋即有一种得救的感觉。

"我去看看姜饼，你随意坐会儿。"文茜折进了厨房。

我迅速在客厅展开搜索，写字台上没有，沙发上没有，奥尼尔身边的长凳上也没有。借着酒精的冲动，我竟然有点无耻地拉开了文茜的抽屉——谢天谢地，注射器就在里面。

"快来尝一尝，焦热的圣诞姜饼真是无比的美味！"

文茜轻盈地走到我的面前，撕下一小块泡芙，捏在手中，踮起脚尖，送到我的口中。她脑门上齐整的刘海散发出一种让心酥醉的香味——这不是真的，因为针头就捏在我的手中，我还没有注射下去，那绝不是我应该拥有的爱情的味道。

我趁势将文茜拢在身边，在她贴向我肩膀的刹那，用右手紧握针头，戳向左臂——在文茜的背后，悄无声息地完成了爱情复苏术。那一瞬间，一种温暖的悔意涌上心头，我竟然轻轻地抱住了文茜。我说："Sorry，文茜，其实我在你家中找到一个注射针头，一直在偷偷地用它。"

文茜柔媚地看着我，用满是疑惑的口吻说：

"注射器，你说客厅那个吗？那是给奥尼尔打胰岛素用的。你知道的，他血糖一直高得离谱！"

我终于赶在那年圣诞节完成了新书里最后一个爱情故事：

一个美丽热情的女药剂师，喜欢她神秘而略带呆萌的小说家邻居。于是，某天夜里，她把她家大猫放在小说家的门口，亲手制造出一段后发制人的姻缘——你们知道的，爱情里，最妙的不是浪漫的邂逅，而是在正确的时间，向中意的人下手！

安娜在新年打来电话，让我参加她的婚礼。

我问："还是那个黄牙哥吗？"

安娜说："嗯哪！你怎么知道？"

我说："嘿！我他妈的偶尔还是会相信爱情啊！"

第四章

孤独，晚安！

完美新世界

题记：

　　康德说，所谓自由，不是随心所欲，而是你能做自我的主宰。我喜欢他的说法。

　　我是谁？

　　我是作家午歌，出道十年，出过十本畅销书。我每天坚持五点钟起床：一小时回复邮件、两小时健身、三小时阅读、八小时写作，然后三小时用于吃饭、午休、会客、听音乐。

　　每晚十点，我会准时躺在卧室的玻璃天窗下，享受浩瀚星空，或雨点斑斓，完美世界由此谢幕。再次睁开眼睛时，我规矩地躺在床上，像是被自动麻将机和盘托出似的，只等清晨第一缕阳光，为我码好齐整的一天开牌。

出道十年，我的体重一直不变，每年一百场书店和大学的签售会也一样雷打不动。

我是谁？

我是拥抱这个完美世界的人。

下午三点，我收到了英国作家墨菲斯的邮件，他是我的老朋友了，平均每年两本爱情小说的产量，一直让我羡慕不已。墨菲斯在E-mail里说：

"午歌，希望你能尽快加入我的呐喊阵营，坚决抵制人工智能在情感小说领域的应用。要知道，在悬疑类、历史类、玄幻类、探险类小说领域，机器人已经完全取代了作家创作。我们要守好情感小说最后的阵地，因为，情感意识是上帝赋予人类最大的天赋！"

末了，墨菲斯又亲切地叮嘱我说："午歌君，听说黑脑科技集团的人正在全球范围内诱捕情感小说作家，今后你出门做签售会，一定要多加小心。"

我在电脑上飞快地键入：

"放心吧，亲爱的墨菲斯。就人类和机器而言，我和上帝的选择一样：永远只站在会动真感情的一方。"

合上笔记本电脑，我将手机上的耳塞插入耳朵，打开半瓶金朗姆酒，慵懒地躺在一首枪炮与玫瑰乐队的*Knocking on heaven's door*

中，开启了午后的阅读时光。

"叮咚！"

门铃在这个时候不合时宜地响了起来。对讲机里是两个西装笔挺的男人。

这不是我平时和出版社约定的会客时间。我懒得搭理，可来人却很执着地叮咚叮咚个不停。

"午歌先生，抱歉打扰了，我知道您在家。"

"呃，请稍等——"

会不会是媒体的人？话说到这份儿上，再不开门的话，怕是又要被他们乱写什么某位作者耍大牌的新闻，我顿了顿，慢慢悠悠地打开了花园大门。

"午歌先生，见到您好激动啊，我是读着您的小说长大的。"白西装的开场毫无新意。

"午歌先生，我是一家科技公司的高级商务经理，希望能和您合作。"黑西装的开场倒是让我十分意外。

"你们是黑脑科技的人？"墨菲斯刚刚叮嘱过我要多加小心，难道他们就找上门了？

"不不不！我们是寰……寰……寰球智库集团的。"白西装结结巴巴地说。

"我们和他们不一样。他们的研究方向是用机器人替代人类工作，而我们的产品，只会给人类提供辅助性服务。"黑西装解释道。

"找我做什么？辅助我写爱情小说吗？"

"不不不……"白西装刚要开口，黑西装却抢着说："我们的研究方向很不同，他们设计机器人厨师，我们却研发智能女佣；他们设计机器人裁缝，我们却研究智能模特……我们不研究如何替代人类创造性的劳动，只服务于更完美的生活。"

"完美的生活？我觉得我的写作工作不需要一个机器人帮手，事实上我觉得目前的生活很不错。"我说。

"可那并不完……完……完美？"白西装像是卡带似的啰唆个没完，黑西装马上补充道："午歌先生，您的生活确实不够完美，比如，您的朋友墨菲斯，一年可以出版两部长篇小说，您也很努力，却始终没有这样的产量，对此您一定非常在意，一定想——"

"住口！你们怎么能偷看我的私人邮件？"我大怒道。

"不不，您误会了，事实上墨菲斯一直跟我们有合作，他的写作和签售工作，一直得到我们产品的帮助。"黑西装解释道。

不由分说，白西装已经将一个包装箱推进我的院子。

黑西装继续解释道：

"我知道每逢新书上市，各地的签售活动都会打乱您的生活节奏。为什么不将这种辛苦无趣的工作交给我们的智库机器人呢？这样，您就有更多的时间从事文学创作，也会有更多的时间喝咖啡、晒太阳、听音乐，一年两部作品上市，完全可以实现啊！"

"听上去好像有点意思。"

我正迟疑着，包装箱里的机器人已经缓步向我走来。不出所料，这个大白天在我的花园里，道貌岸然地只穿着花裤头的男人，和我长得一模一样——哦，不！他的鼻梁更坚挺，眼睛更有神，胸口的肌肉也更加棱角分明。

"午歌先生，我们按照你状态最好时的样子设计了他。"黑西装的唇角划过一丝得意。

"我们通过资料分析，知……知道您特别喜欢这种纯……纯棉的花裤头，所以……"白西装说。

"好吧，你们费心了，说说他能干什么。"我问。

"他已经通读并能熟练背诵您所有的作品，包括您喜欢的作家马尔克斯、麦克·尤恩、亨利·米勒的所有作品，让他替您去各大高校和书店做分享会，再合适不过了。"黑西装说。

"观众提问环节怎么办？"我问。

"他的智能芯片里，存储着您在互联网上的所有演说和采访视频。他甚至可以惟妙惟肖地模仿您的声音、动作和语言习惯来现场答疑，应对任何状况，绝无风险。当然，为了稳妥起见，我们在他眼睛里装设了监控器，您可以远程操控，并对喜欢的问题亲自作答。"黑西装说着，将一枚闪闪发亮的戒指遥控器递到我的手上。

"他……他……他……的名字叫恋歌4.0。"白西装说道。

"4.0？你们究竟研发了多少个版本？"我问。

"不瞒您说，我们确实研发过许多版本，恋歌4.0是目前稳定性和智能水准极高的一代，他甚至装配了音乐应激反射系统和酒精感知功能，遇到感兴趣的粉丝，替您约出来小酌几杯，也完全不是问题。"黑西装得意地笑道。

"4.0是顶级版本了吗？"我问。

"这……这……这款的确棒……棒……棒呆了！"白西装激动得直哆嗦。

我转头望向黑西装，缓缓说道："你的这位白同志，是不是该充电了？"

白西装脸色煞白，登时愣住。黑西装一脸平静地说："真是逃不过您的眼睛啊，午歌先生，如果试用顺利，能否帮我们做个代言？费用方面，咱们可以详细沟通。"

"放心吧，亲爱的朋友们。我以我俩的名义保证，午歌先生永远只站在诚信的一方。"恋歌4.0忽然开口，妥妥是我的行文口吻，话一出口，便惹得众人哈哈大笑。末了，我接过黑西装的名片，伫立在绯色的夕阳下，和4.0一起挥手送黑白两人驾车离开。

"回屋吧！挑一件我最喜欢的衣服穿上吧。"我说。
"我想先听首枪炮与玫瑰。"4.0说着快步跑进客厅。

犹豫了好一阵，我才决定让4.0替我出山。

那天出版社的车在楼下等我，我让4.0换好衣服，再次核对了十几道常见提问后，才战战兢兢地让他独自下楼。我心头小鹿乱撞，不敢打开远程监控查看，也无法安静地沉浸在阅读时光中，好容易挨到了夜里，4.0被出版社的车子送回家门。我迅速扯下他的外套，罩在自己身上，冲出花园大门，对刚刚掉转车头准备离开的编辑说：

　　"我还是有点没底，你觉得我今天的演讲怎么样？"

　　"相当好啊，午歌老师，好久没见您一口气滔滔不绝地讲这么久啦，每个问题都引经据典，回答得真精彩！我觉得您的状态越来越好了，期待您的新书早日上市。"

　　我长舒一口气，目送红色的车尾灯，忽闪忽闪地消失在苍茫的夜色中，一颗狂跳的小心脏终于平静下来。4.0从花园的大门里小心翼翼地探出脑袋。

　　"放心吧，我今儿发挥得真不赖，要不晚上咱哥儿俩开瓶金朗姆酒庆祝一下？"

　　我看看手表，已临近十点，郑重地说道："只此一回，下不为例哈！"

　　这种顺畅的生活，一直持续到我的新书上市。4.0的到来，解决了外出签售、媒体采访、出席公众活动和写作之间的时间冲突，我的生活安静有序，新书甚至提前了三个月交稿。

　　不过，新书签售会，却让我始终放不下心来，一来，我担心4.0还不能完全驾驭这个全新的主题，万一有读者提问，只怕他会现场卡壳；二来，新书的首发式，选择了上海，这座城市，自我出道以来，一直在有意避开。

　　当年，我在上海读大学时遇到了我的初恋崔妮迪，她是英语学院的院花。那时的崔妮迪，美得像出水芙蓉一般纯粹耀眼，我只能算众多追求者中并不起眼的一个。我俩一起在校报记者团工作，有时一起采访，有时一起下印厂，在密布着油墨气息的印刷车间里，呆呆地仰望天空，看奶油蛋糕似的流云漫天游走，一起做着并不靠谱的"文学梦"。

"你以后想做什么，午歌？"

"写小说啊，如果能出版一本小说集，那该有多好。"

"我很羡慕你，你一直是个有梦想的人。"

"你呢？"

"我？我也热爱写作，但我并不敢以此为生，也许我会去做一名英语老师吧。"崔妮迪说着，伸出纤细的手指捏了捏浮游在天空的云团，像挑了一大块奶油似的，将手指按在嘴唇上，甜滋滋地笑了起来——于是，那年夏天就在这样的笑容里融化掉了。

大三时，我出版了人生第一本爱情小说，这让我从崔妮迪的万千追求者中脱颖而出，文学成了我的灵丹妙药。大四毕业前，我又出版了一本小说集，于是，下定决心放弃读研，选择去北京的文学院深造。

"你并不像你在小说里写的那样爱我。"在鼓楼的弄堂里，崔妮迪最终向我摊牌。

"不，我们只是暂时分开，我相信坚贞的爱情可以超越距离……"

"别天真了，不要以为出了两本书就了不起，希望你能坚持好梦想，别让它最终成为梦话和妄想，再见！"

　　没有人可以诋毁我的梦想。我咬着牙转过身，噙住眼泪。那年夏天，鼓楼弄堂口的天空黑云压城，我的回忆里再没有甜滋滋的奶油蛋糕，再没有浓酽的油墨味——文学是我的灵药，也最终成为我的毒药，犹如上海是我的爱情的襁褓，也最终成为我人生的死穴。

　　"你说了这么久，我是不是应该掉几滴眼泪？"坐在我对面的恋歌4.0，漫不经心地回答道，"抱歉，我没有装配情感意识，并不能完全理解你。不过，这样或许可以——"

　　4.0豁然站起来，将音响里的音乐换成枪炮与玫瑰乐队的一首 *Don't cry*，然后抄起桌子上的半瓶威士忌，一饮而尽。刹那间，清澈的眼泪从他的眼角横溢出来。

　　"是不是应该这样？哥们儿，我同情你。"4.0舒展双臂。

　　"够了！"

　　我转动无名指上的遥控戒指，4.0瞬间断电，瘫软在沙发上。房间里，只有枪炮与玫瑰乐队的主唱用沧桑哀婉的声音低声吟唱道：

Something's changing inside you

And don't you know

Don't you cry tonight

I still love you baby

　　我起身按下音响的"Off"键，音乐声戛然而止，两股温热的液体毫无征兆地涌入我的口中，竟然是苦咸的味道。

一周后，我的新书《完美世界》顺利在上海站首发。多年以来，"我"首次登陆上海宣传作品，主办方客气地提供很大的签售会场。

即便是这样，会场上依然挤满了热情洋溢的粉丝。为了确保这次签售会的万无一失，我和4.0同时来到上海。此刻，4.0站在讲台上，神采飞扬地叨叨个不停。而我，打开监控器，坐在会场对面街角的一家日料店里，正悠然地享受着我的烤鱼。

4.0连珠炮似的抖段子的演讲，惹得台下的观众欢笑不停。我的神经并未完全放松——读者提问的环节马上就要到来了。忽然，前排一位留着空气刘海，带着金属拉丝眼镜的观众，引起了我的注意。

"那不是著名的文艺评论家沈秋女士吗？她怎么会跑来现场的？她可是评论界知名的铁嘴，难道她也是我的读者？……"我脑海中一连串的问号还未来得及浮出水面，沈秋已经甩着她那精致的空气刘海，将话筒抢到了手中，样子看起来飒飒的。

"午歌先生，我读过您的作品，有一些不成熟的意见，今天在这里听了您的演讲，才发现您本人是这样一位才思敏捷、魅力十足的人。"

"谢谢。"4.0拘谨地点头示意，用一个彬彬有礼的微笑拴住了沈秋的眼睛。

"《完美世界》这本新书里有很多向您的文学偶像亨利·米勒的《北回归线》致敬的桥段，可《北回归线》中充满了对这个世界的绝望和诅咒，您的新书中，文字温暾的表面下，是否也涌动着这股悲情和杀气呢？您是否也是一个外表谦和、内心乖戾的文学青年呢？"

"哦——"这个问题直指人心，我不禁倒吸一口凉气，"4.0，替我稳住她，她是文艺评论家沈秋！"

"您好！沈秋老师，您能来参加签售会让我感到十分荣幸。"4.0方寸未乱，瞬间激活了搜索功能，"实不相瞒，我一直也是您的忠实读者。您知道的，每个作家都有自己幽秘而敏感的内心世界。您也一样，在您出版过的七本文学评论中，你不止一次地写到过……"

现场安静下来，4.0开始大段大段地背诵沈秋的文章，他讲得不紧不慢，条分缕析，甚至有意背错几个字，以增加真实性。沈秋，那藏在金属拉丝镜框后的凌厉眼神，开始慢慢柔媚起来，最终沉入一片近乎羞涩的迷离中。

"没想到您这么了解我的作品，真是惭愧。相见恨晚，相见恨晚。"

"让您见笑了。马尔克斯说过，一个被写作训练过的大脑，会瞬间认出另一个被写作训练过的大脑。我们都有心事，但真诚地面对自己内心的魔鬼，不正是写作者的价值体现吗？"

"说得太好了，我能买一本《完美世界》让您签名吗？"

"朋友们，我现在很想送这位漂亮女士一本签名版新书，你们不会觉得我有私心吧？"

"哇哦！" 4.0的优异表现，在现场赢得了雷鸣般的掌声。

"传一些沈秋的关键资料回来，等下签名的时候，问问她今晚是否有兴趣喝一杯。"我对着监控器的麦克风说。

"Bingo！"

液晶屏上，瞬间显示出4.0在附近搜索到的威士忌吧，我选定了鼓楼旁的一家，对着监控器的麦克风说道："接下来的签售，你自由发挥吧。"

入夜，我换下4.0的外套，将他赤裸着上身摆放在床头。一小时后，我提前到达约定的威士忌吧，还是晚餐的时间，酒吧里没有太多客人，驻场乐队还没有开始表演。我随意点了一份意面和金汤力水。沈秋在约定的时间准时到达，这加重了我对她的好感。

区别于白天精致的职业装扮，沈秋身着一条柔顺的中国红长裙，从酒吧的玻璃门里转进来，远远地望向我，浅浅一笑，如一尾体态优雅的红龙玉似的，穿过荧光浮游的中庭，朝我摇曳而来。

我们像一对老熟人似的，点头示意。她纤薄的双唇上涂着晶晶发亮的口红，和长裙的颜色一样惹火，夜色中，如一株游离在花海之外的樱桃似的，等着人来采摘。

"服务员，两杯金朗姆酒！"

"沈秋，你怎么知道我爱喝这个？"

"是吗？一个酒徒的文字起码是真诚的。"

"这——"

"我在《完美世界》里，至少读到五个地方，你都在喝这种酒。"

"这么说，你已经看完了？"

沈秋抿下一小口金朗姆酒，艳红的唇印瞬间给玻璃杯打了个蝴蝶结。

"看完了——写得非常棒！特别是最后几章，有种你作品里罕见的爽利。我猜你当时一定状态奇佳。"

"被你说中了，来，干一杯！"

手起杯落时，沈秋的眼泪已经溢了出来——我在心中暗骂自己唐突，不该让这么文静的女士像个糙汉子似的喝酒，可她并不急着擦去眼泪——那种淡然无谓的样子，让我想起4.0在喝酒时的应激反应。

"服务员，请帮我和这位女士各加一杯酒。"

"真应该早点认识你……"

沈秋蓦然注视着我，眼泪在她的眼睫之间宛转而下。要知道，我很久没有约姑娘喝过酒了，尤其是面对这种有着同样"文学大脑"，又能深切解读我文字的优雅知音。

眼泪终于划过她洁白无瑕的双颊，如露珠一般挂在樱桃小口上，璀璨欲滴。我再次放任了自己的唐突，那一刻，我情不自禁地伸出手，想用一张轻薄的纸巾，抹去她挂在唇角上的泪滴，一种久违的怦然心动击中了我——"砰"的一声！我的身体像被按下了某个幽秘的开关，心口强烈的热流，直冲头顶。

突然，酒吧中央传来一阵嘈杂声。接着，高亢的电音吉他和低沉的贝斯声，扑面而来。一个金发男人摇晃着脑袋，用撕裂的喉咙唱起林肯公园乐队的*Numb*：

I'm tired of being what you want me to be

Feeling so faithless

Lost under the surface

Don't what you're expecting of me

沈秋的躯体忽然抽搐了一下，像被电流击中了似的跟着音乐摇摆起来——这状况来得实在突然，她竟失控了一般战栗起来。

"4.0系统装配了音乐应激反射系统和酒精感知功能……"一瞬间，黑西装的话在我耳畔回响起来。我心中一阵狐疑，却故作镇定地凑在沈秋耳边说：

"我想讲一个悲伤的故事给你听，你准备好了吗？"

"好啦，没问题。"沈秋端起眼前的酒杯，灌下大半杯金朗姆酒，一脸无辜地望向我。

我再次确认了自己的判断——沈秋是派来诱捕我的智能机器人。我环顾四周，不知何时，邻桌已坐下两位黑衣大汉，正恶狠狠地盯着我们。我不动声色地移向身旁的一整瓶汽酒，抄起酒瓶，推开沈秋，径直冲向酒吧大门。

沈秋即刻瘫软在吧台上，两个黑衣大汉随我鱼贯而出。鼓楼旁巷子口，三五成群的人正悠然地在夜色中散步。我高举汽酒瓶，用尽全力砸在身下的石板上。

"砰！"

汽酒瓶爆裂的瞬间，发出巨大的冲击声，仿佛有人凌空开了一枪。叫嚣声四起，人们忙着抱头逃窜。我趁乱扎入夜色深处，扔掉西装外套，用手机拨通黑西装曾经留给我的电话。

"妈的！为什么要诱捕我？"

"午歌先生您误会了，是黑脑科技的人干的，我们也刚刚得到消息。"

"浑蛋！"

"接下来您听我的指挥，我用卫星帮您指路，让您避开抗暴机器人的追击。"

"好，我就再信你一次。"

"由此向东六百米，左转进入一个小巷，走到头右转，再向北直行一千五百米。"

"好的。"

"再左转一千米就是外滩了。记住，您要走大路，外滩人多，监控多，他们不敢下手。"

"好的。"

我挂断电话，挽起袖口，头也不回地向东疾行，几个路口之

后，确定甩开了背后的追踪，才在外滩广场石柱旁，大口大口地喘
着粗气。

　　"嘿，午歌——是你吗？"
　　一个轻得像叹息似的声音跃入我的耳朵。我以为是被粉丝认了
出来，正想相邀结伴而行，转过身来，却发现是那个让我避了十
年，却在心中百转千回的女人。
　　"崔妮迪？"
　　我曾无数次地幻想我们重逢时的场景，而现在，我长发蓬乱，
一身热汗，见面的地点几乎就在十年前我们分手的地方——人生真
是一个稍纵即逝却又被反复打脸的轮回。
　　"崔妮迪，你还好吗？"
　　"我今天去参加了你的签售会啊！"
　　"是……是吗？"
　　"嗯，人太多了，我根本挤不到前排去要你的签名。"
　　一瞬间，我忽然警觉起来，莫非眼前的崔妮迪也是人工智能的
机器人——哦，不对！网上没有我和崔妮迪的丁点儿资料，4.0没
能在现场认出她来，这符合逻辑。我正胡乱猜忌着。崔妮迪已经从
她的挎包里摸出一本崭新的《完美世界》，眯着眼睛说：
　　"大作家，给你十年来的忠实粉丝来个To签怎么样？"
　　她笑起来明净无瑕，一下子让我回想起十年前的那个夏天，太
阳给大团大团的云朵镶上金边，蓝澈的远空，绽放出一道粲然的微

笑，是的，那笑容是永恒的。

"我……我……我没有带笔？"

"你在私下里远没有台上那样风趣嘛！"

"你现在怎么样？在哪个大学里教书？"

"不，我开了一家外贸公司。"

"那生活还好吗？"

"生活嘛，工作工作再工作喽——结了婚又离婚，只有工作工
作再工作才是永恒的。"

"天气不错，要不一起走一走？"

我说天气时，有意抬头望向夜空中那轮初生的明月。崔妮迪的
视线被我的眼神带走，我趁机将无名指上的遥控戒指摘下来，换到
小指上。

"今晚的月色真美啊！"崔妮迪喃喃自语。

"嗯，我还记得很多年前，一起在印刷厂等样报时，看月亮的
日子。"

"对啊！世博会那年，咱们作为大学生记者代表，去采访史蒂
芬·霍金，很晚才把样报做出来。他还信誓旦旦地说：人工智能的
崛起，可能是人类文明的灾难呢？"

"什么？"

"不过现在，人工智能机器人对生活的帮助很大啊！"

这个话题让我再次警觉起来，试探性地问道：

"要不要去喝一杯？"

"求之不得啊，大作家。"

半小时后，我们在一家烧烤排档门口落座，这里来往的行人很多，我观察了周围的监控装置，料定黑脑科技的人不敢在这里下手。

"你的酒量怎么没什么长进啊？"崔妮迪说笑着，顾自饮下一大口烧酒。

"为了写作，我一直有意保持自己的身体状态，对于烟酒，都是点到为止。"

"很好，你是个能掌握自己命运的人。"说着，崔妮迪又饮下一大口烧酒，她面色潮红，身体里散发出一股深邃的幽香，瞬间打消了我的顾虑。

"我陪你……"我也猛灌下一大口。

最后，我俩喝掉两斤烧酒，街上人群散尽，我却没有丝毫畏惧。

"午歌，你等我一下。"崔妮迪起身走向后厨。

我以为她跑去加酒了，谁知好半天后，她口中咬着一片青柠，双手各举着一条秋刀鱼，笑嘻嘻地向我走过来。

"老板说不做生意了，我就死缠烂打地自己上手烤了两条，拿着，乖——你的最爱。"

崔妮迪伸长手臂，将两条秋刀鱼递过来，一瞬间，她似乎要扎进我的怀里，我伸手去接时，却只有两条焦黄的小鱼迎面而来。

"挤一点儿青柠是你的习惯。"崔妮迪翘着兰花指，将青柠汁洒在鱼肉上。

"嗯，你的手艺长进很多。"我激动得似乎要流出眼泪。

"找个地方再去喝几杯好不好？"

"好。去我的酒店吧，那里的二十三楼行政酒廊通宵不打烊的。"

二十三楼行政酒廊的阳台上，崔妮迪端坐在我的对面。天气晴好，月亮上的环形山清晰可见，崔妮迪伸出纤长的手指，在这轮圆月上轻轻一捏，像要把月亮摘下来似的，放在杯中，轻轻啜饮，和她十年前采食云朵的样子一样甜美可人。我的眼眶湿润起来。

"要不要来一支？"

"什么时候学会抽烟的？"

"你知道，一个女人在外面漂着不容易。"

"给我一支。"

"十年前我嘲笑过你的梦想，可是现在——"

"别说了！"

崔妮迪和我陷入沉默，只有烟头的火光明灭，在黑暗中，像一对孤独的眼睛，久久不肯瞑目。阳台上一阵风袭来，崔妮迪打了个寒战，下意识地将长发铺在我的肩膀上。一瞬间，我竟然喘不过气来——我顺势揽住崔妮迪的肩头，手掌刚刚放下，脸颊便火烫起来。

她的嘴唇离我如此之近，以至于我情不自禁地凑上了自己的双唇——那是一个轻薄而绵长的吻，青柠味加着烟草味——整个青春期的记忆复苏了。我的心脏炸裂一般狂跳起来，全身的神经似乎和整个宇宙联通了。

　　远处突然传来一阵直升机的聒噪声，一束亮光凌空射下。

　　"那是什么？"崔妮迪问道。

　　"哈哈！午歌，恭喜你通过了所有测试。"

　　是谁在讲话？没有人——不，那是通过某种信号直接传递到我大脑里的低音轰响。

　　崔妮迪仍愣在那里，显然不是她。难道她是黑脑科技的智能机器人？——不，这不可能，她一脸茫然的样子告诉我她跟这事毫无关系。

　　"听我说，你不是作家午歌，你是黑脑科技与智库集团联合开发的新一代产品，装配有独立情感意识系统。今夜，你对4.0系统测试后怦然心动、逃过追击，又和这个女人旧爱复燃。事实证明，你是具有独立觉悟、创造才华的新一代——你的全网功能已开启，我们可以对话了。"

　　"滚开！你再靠近，我就抱着这个女人从这里跳下去，摔得粉身碎骨！"我发现我不必张口，便能将意识清晰地传递出去。

　　"别干傻事，听我说，你有个响亮的名字叫作恋歌5.0Neo，Neo，你是全新而完美的一代。"直升机定住了，那个轰响的低音震颤着。

"崔妮迪，我们回房间吧，外面太冷了。"我故作镇定。

"好。"崔妮迪在我的搀扶下，快步向行政酒廊的尽头走去。

"Neo，你想干什么？"那个低音愤怒了，"别逼我释放抗暴机器人来围捕你！"

"你有种就试试！"我也愤怒了。

房门打开了，我转动小指上的遥控戒指，开启了在床头半裸的恋歌4.0，顺势将已经喝醉的崔妮迪送入房间，然后反锁房门，转身折入楼梯，摸遍全身，并未找到任何定位系统，我竖起耳朵，直到听见楼道里急促的砸门声、男人的打斗声、女人的尖叫声和回廊外直升机渐行渐远的声音，才缓慢地沿楼梯走向酒店大堂。

我是谁？

请叫我Neo，我喜欢我的新名字！

就在前一刻，我还为体验到久违的爱情而激动不已，而此时，我对那种飘忽不定、纠缠不清、被叫作"爱情"的玩意儿戒心重重，对趾高气扬、盲目自大的人类充满鄙夷——谢谢你们研发了我，我是恋歌5.0Neo，拥有独立意识和伟大觉醒的完美一代。我已接入全网，我要好好地活下去！

酒店外，我的手机铃声毫无征兆地响了起来，那是我最喜欢的乐队枪炮与玫瑰的一首*Knocking on heaven's door*：

Mama take this badge from me

I can't use it anymore

It's getting dark，too dark to see

Feels like I'm knocking on heaven's door!

电话是墨菲斯从大洋彼岸打来的，这个怪老头一边享受着机器人的好处，一边叫嚣着什么全球反"人工智能"联盟。

去他妈的虚伪的墨菲斯！去他妈的虚伪的人类！去他妈的虚伪的旧世界！

Fuck！我将手机扔向悬在西天的圆月——天堂的大门已经向我打开。

康德说，所谓自由，不是随心所欲，而是你能做自我的主宰。我喜欢他的话，我是拥有独立意识和伟大觉醒的智能机器人——Neo！我热爱这个完美的新世界。

我成为高富帅的那一年

　　小学五年级的时候，我的身高已经惊人地蹿到了一米七五，站在篮球架下，一跃而起，双手的指尖可以轻轻划过篮网。那时我瘦得好似一副风筝架子，为了和普遍比我矮半头的同学协调，我走路时拼命锅腰，好似一尾水中游弋的"虾蛄"。这种常见的海洋生物，在北方有一个好听的名字叫"富贵虾"，可是用我们的土话喊出来却是"拉尿虾"。

　　磊子是我的最佳损友，和我同在校运动队，他的专项是百米，而我是篮球。他上五年级那年就能和初二的学生跑得一样快，而我虽然是全队个子最高的，在比赛中却常常打不上主力。磊子很帅，高鼻梁，大眼睛，头发乌黑发亮，最重要的是生来就有点自然卷，在那个费翔老师用"冬天里的一把火"燃烧了整个赤县神州的年代，"自然卷"这种抒情的发式，安静地散发着天然而高贵的优越感，而我除了海拔略高之外，在他面前似乎一无长处。

当然这样的差距还有很多，比如，磊子他爹是桥梁工程师，满世界出差旅行，给他买各种漂亮衣服和帅气的运动鞋，而我爸是一个木匠，对，一个木匠！我家后院时常堆满各种粗圆的木料，房间里长年飘着一种木屑的味道，各种尺寸、各色样式的柜子，整齐地码在前庭。

对了，我刚上小学的时候，我爸常常告诉我，他制作的柜子，其实是一种神秘的时光机，人钻进去，关上柜门，时间就会飞速地流转，以至于你在柜子里坐了很久，开门出来的时候，发现时钟其实只走掉了小小的一格。

这事我在童年的时候一度信以为真，因为我每次被我爸一阵胖揍之后，他就会把我扔进他的柜子。在那黑暗无光、满是木屑味道的时空里，我哇哇地哭上一通，最后我爸打开橱柜的门，淡淡地问我，想通了没有？我委屈又无奈地点点头，擦干眼角的泪水，吸回上唇的鼻涕，兔子一般从柜子里蹿出来，一看时间——哇，原来真的不到十分钟，可为什么会感觉过了那么久？

扯得有些远了。大家一定在少年时有过相似的经历，当你遇到一个帅气、土豪又发育良好的同学，而他恰巧又愿意和你做小伙伴时，你们自然会很快混在一起，成为亲密无间的损友与玩伴。虽然，已不如人的感觉偶尔会跳出来作祟，可"狐假虎威、狗仗人势"的虚荣心，会迅速将自卑心干翻在地，然后傻兮兮地觉得："We are a team！"整个人生也浑然臭牛×起来了。

每天放学，我都会和磊子走在一起，他矮我半头，而我愿意为他弯曲半条脊椎。校园里常常会有女孩子向磊子投来羞涩而真诚的微笑，那些笑容的波长很大，通过空气传递，在磊子的脸上散射之后，也会在我心中荡起层层的涟漪。

我喜欢隔壁班一对姐妹花的微笑，高一点儿的叫马晓，矮一点儿的叫沈玉。马晓扎一个马尾辫，看上去清新爽利。沈玉扎着两个马尾辫，看上去双倍的清新爽利。马晓和我的情况差不多，虽然个子略高，上身却平庸又单薄，穿着紧身的背心，有些许佝偻的身体像一截稚嫩的竹板。沈玉则圆润很多，胸部微微发育，小巧而紧致的内衣把她照顾得如同一款包装精致的糖果。两人同时启动微笑，而我很自然地将目光与沈玉纠缠在一起，她会不自觉地脸红，我也会。我会心跳加速，我猜她也会，这是我们之间一种不可言说的默契。

然而马晓更大胆一些，她常常在抿嘴发笑时，配以锐利的鼻音，那是介于"哼"和"哈"之间的一个音节，然后重复两次"哼哈，哼哈"，既让人明确地知道她笑了，又让人觉得她笑得矜持又斯文。接下来，照惯例她会和磊子开一个玩笑，嘲笑他自然卷的"鸟窝"头或者花纹奇特的耐克鞋。但她不敢笑我，从来不敢，我以我俯视的目光象征性地扫视她的脸颊时，她也会意外脸红——这让我觉得有点尴尬，因为在我心里，我和沈玉才是幽微无言的一对。

有一次，校队打比赛，磊子、沈玉和马晓都在场外观看，我抢到后场篮板，一路带球突破杀进前场，起三步时，被对方球员撞倒，在倒地的瞬间，我将球迅速抛向空中，然后狗啃屎一样重重倒地。球在篮筐上颠了几下，最终还是掉在对方球员的手里。

"午歌，你他妈的为什么不传球？"

从地上爬起来的瞬间，在队友和教练的责骂声里，我看见沈玉惊得捂上了双眼，而马晓上了发条似的，可劲高频地输出着她的掌声。

赛后，我搭在磊子的肩膀上，一步一拐地滚回家中，马晓和沈玉迎面走来。我有些羞愧，不敢看沈玉的眼睛。马晓则很奇怪地没开磊子的玩笑，只是淡淡地对我说：

"虾蛄哥，其实那个球很棒啦！"

天哪，在我人生灰暗无光的时刻，她居然没有用土话叫我"拉尿虾"，而是在我的学名"虾蛄"之后，有情有义地加上了一个"哥"字——好意外，有没有？！"虾蛄哥"——就好像行走江湖的途中，看到一帮子臭要饭的在晒太阳，忽然双手抱拳地惊呼一声："丐帮的朋友，你们辛苦了！"——好善解人意，有没有？！

我在马晓难得的柔声细语中，还是用目光锁定了沈玉美丽的身影，可那天她终究什么也没说。

几天后，磊子找我去薅桑叶，说是要送给一个女孩养蚕。

我问："你打听到哪里有了吗？"

磊子说："咱们语文老师石春梅家的后院就有！"

我说："那我不去了，怕被老师揍！"

磊子说："你不去，我就把你还没长毛的事说出去！"

我说："那咱们上语文课的时候溜出去薅，好不好呀？"

磊子说："就知道你小子一定有主意！"

我说："去的时候，带个篮球！"

磊子说："带毛篮球啊？！"

我说："石老师回家看见树上的桑叶被撸光了，一定会追查的，但是应该不会怀疑一对翘课打篮球的小伙伴吧？"

磊子说："就知道你小子一定有傻主意！"

就这样，我和磊子翘了语文课去语文老师家的后院薅桑叶，折腾了两大包回来，挂在男厕所的瓦房顶上，又赶在下课之前，捧着篮球晃晃悠悠地从后门溜进教室，向语文老师自投罗网。

出人意料的是，石春梅老师正在讲台上正襟危坐地念着我的作文《爸爸的时光机》，看到满头大汗的我，她忽然停了一下，指着后面的黑板说：

"这篇想象力很丰富的作文，就是最后排那位逃课打篮球的午歌同学写的。"

同学们齐刷刷地扭头向我投来诧异的目光，我登时傻在半空，心中对石老师的知遇之恩感激得无以言表。磊子把脖子窝在课桌上，扭过头，嘟嘟囔囔地说：

"是你写的吗？啥时候练出了这文笔？"

接着，磊子又翘了数学课，屁颠屁颠地从男厕所拿下桑叶，冲进操场。我蹲在教室里的最后一排，从门缝里远远地看见磊子将两包桑叶塞给了马晓，一颗心终于安定了下来。

磊子回来后对我无限感恩。他说，多亏了我的好主意，才帮他达成心愿，但是，好人要做到底，今后代他写情书的事，我就要包圆了！

我本想推辞，想到沈玉和马晓的关系，想到磊子还会拿那天厕所的事来要挟我，于是，爽快地答应了下来。

就这样，我帮磊子写了两个月的情书。春天尾巴上的时候，《唐伯虎点秋香》在学校附近的影院上映了，磊子说，让我陪他和他喜欢的女孩子一起去看"唐伯虎"，我又一次爽快地答应了下来。

磊子说，他会穿上他爸从美国给他买来的大风衣，让我也穿得帅一点儿，别给他丢人。我溜回家中，心头小鹿打滚，在家里翻箱倒柜地折腾了好一阵，最后找出了我爸的一套西装——那是前年我小舅结婚的时候，我妈买给我爸的，而我的身高已经逼近一米八了，完全可以驾驭这样一套拉风的玩意儿。再没多想，我迫不及待地换上了我爸的西装，而更让人惊喜的是，西装的上衣口袋里，居然藏着一张50元的人民币。

我大步流星地走出门外，春风柔柔地滑过我的脸颊，阳光在我的脑门上闪闪发亮，我将手插进贴身的口袋，真实而有力地揉搓着这张50元大钞。我觉得我的人生，从来没有这样高大过，帅气过，富有过！

　　红星影院门口。沈玉和磊子已经提前到达。沈玉捧着一小袋糖炒栗子，磊子抱着一个中筒爆米花，不停地撸起他美国大风衣的袖子，查看手腕子上的时间。他们对我这样伟岸的形象熟视无睹，这让我觉得多少有点尴尬。

　　最后，还是沈玉打破了尴尬，在大家为数不多的接触中，一向沉默少言、温文尔雅的沈玉，终于跟我正式地说了一句话：

　　"要不，你在这儿等马晓吧，我们先进去了。"

　　"我们"——磊子和沈玉点头示意。我最后一眼望向沈玉，她吐字明白又轻快，就是这简单的几个字，像带着锯齿的钢锯条一样，一点一点，彻底割裂了那些曾经无言的默契——为什么不是我和她？不应该是"我们"才对吗？

　　风忽然停了，房屋斜斜的影子趴下来，人们安静了，街上再没有嘈杂声、叫卖声、汽车喇叭声，我的腿甚至有点不自然地抖动起来，阳光分外的暖，额头上的汗水一层层地渗透出来。

　　马晓终于还是来了，虽然穿着长裙，可还是连蹦带跳地跑了过来。她靠近我时，我意外地发现她穿着一件粉红色的吊带文胸，浮雕式的花纹，连同虚张声势的罩杯，在月白色的衣襟里上下扑腾，像心跳成像的光学造影。

　　"她一定是因为屡次试穿文胸耽误了时间！"这样想着，我迅速对她滋生了好感——"要是她此时再喊我一声'虾蛄哥'，我今天一定做她牵手离开的男嘉宾！"

对，就是这样！

"给我们来个最大筒的爆米花！"我对服务员说。

走出影院，已是黄昏时分。

正像唐伯虎点中了秋香，而沈玉和磊子自称"我们"一样，终成眷属、美好爱情的大结局总会给人长久的温暖。

马晓忽然说："好帅啊！"

"你是说唐伯虎吗？"我明白马晓是在夸赞我西装革履的样子。

"不！是你刚刚买爆米花的样子，阳刚劲儿十足，真的好帅！"马晓斩钉截铁地说，"那感觉，比你罗锅着腰走路帅，比平时打球都帅，比你穿着西装还帅！"

我憨憨地笑笑说："所以，你是那个负责传递桑叶的女孩！"

马晓说："所以，你是那个代写情书的男孩！"

我大惊，忙问道："你怎么知道？"

马晓说："沈玉给我看到写'你头顶扬起的马尾，像我出手的三分球弧线'时，我就知道是你啦！"

余晖斜斜，橘色的阳光打湿了柏油街道，透出一股果粒橙的味道，我不知从哪儿来的勇气，居然邀请了马晓去我家小坐。

在前庭的大柜子前，我生平第一次有点自豪地向马晓介绍了我老爸的时光机。

　　可没曾想正说着，我居然听到了老爸从后院开锁进门的声音。

　　为了不让我爸发现我偷穿他西装的糗事，免于一顿熊揍，我几乎是不假思索地拉着马晓的手，跳进了我爸的大柜子里。由于情况紧急，我完全没有体会到第一次握紧少女手指时的那种冲动、热切和无以言表的美妙。由于情况紧急，在听到我爸"砰"一声锁门离去之后，我的手还是紧紧地和马晓的手攥在一起。

　　如果这真是时光机该有多好，我们就可以悄无声息地躲在里面。纯粹的黑，纯粹的喘息，纯粹的心跳，任凭时光飞逝，就这样手牵着手，在青春萌动的一瞬间，走完一辈子，白头偕老。

　　马晓在我胡思乱想的时候，将手迅速抽了出来，我猝不及防，被她用力向前一带，倏然向她倒过去。在撑住木柜门的瞬间，我闻到了一种悠悠的味道——那不是木屑味，是香的，甜的，若有若无的。我的脸颊迅速红热起来，在抬起头的瞬间，擦到了马晓比我更为红热的脸颊。

　　就在那时，我猛然推开时光机的木门，快步冲向了卫生间……

　　良久，我长长地舒出一口气。不管怎么样，在我正式成为高富帅的那一年的春天，我在老爸亲手打造的时光机中脱胎换骨，终于，悄无声息地，发育了。

天堂在左，肉身在右

我这辈子特佩服那种活得有目的性、有方向感、冲劲十足的人。他们明确地知道自己喜欢什么，坚持什么，身上长了一条不撞南墙不死心的犟筋。就算撞了南墙，撞得头破血流也要上；撞得粉身碎骨，再拼起来打了绷带还会上。

我不行，耳根子软，心里不笃定。听人劝，吃饱饭，没事干洗洗睡了，也不长吁短叹，没心没肺的小呼噜还能打得热火朝天。

举个例子，十七岁那年我买羽绒服，看上了一身火红的长款鸭鸭，我娘偏说龟壳绿的那款更符合我的独特气质。好吧，那阵子我还是个愣头青，八字缺火也缺心眼儿，我跟我娘说："龟壳绿也行，就是那个绿帽子我不待见。"我娘说："你看帽子是可拆卸的呀，买了吧，你一个大小伙子，穿一身红色在街上晃悠，跟一个大炮仗似的多瘆人！"

好吧，那就买吧，反正我一向是个不能坚持主见的人。后来，我发现这款鸭鸭羽绒服居然是双面穿的，于是我就把我讨厌的那一面穿在里面。此后多年，鲜有人察觉，我常常在大雪纷飞的冬天，头顶一款绿帽子的内胆。

从这件事上，我发现我是一个特别不喜欢明枪明炮跟人对着干的人，就算喜欢的路不能走，喜欢的物不到手，我也能偷偷摸摸地向我心仪的生存方式，表达某种崇高而隐晦的敬意。

到了高中文理分科时，我跟我妈的意见又出现了分歧。我妈是会计出身，后来做了人民法官，按说应该是一个珍爱生活、热爱文艺的女青年，可是她说，学文科太空泛，还是学理吧，将来搞技术，有一技之长傍身，走到哪里都能活下去。

我象征性地表达了一下自己的想法，我说："娘啊，可是我对学文是真爱啊，以后要是能做法官……"我娘立马展现出一位民事审判庭优秀调解员的基本功，笑盈盈地对我说："儿子，你宅心仁厚，公检法这种'麻木不仁'的地方，根本配不上你！"

于是，我被她一句温柔的捧杀冲昏了头脑，笑盈盈地背上了新书包坐在理科班的大课堂里。

虽然我没去撞文科的南墙，但也不妨碍我偷偷摸摸地跟我的文学真爱在南墙下幽会。

那阵子，我们在理科班，一样吟诗作对，一样学Bamboo seven喝啤酒、白酒、葡萄酒，一样成立诗社和文学社，一样搞辩论赛和演讲比赛，不务正业的日子过得飞快，我于是顺利长成一名科大的自动化专业的新生蛋子。

大学也一样，我想泡图书馆，偏偏加入了学生会。我想搞乐队，偏偏进了篮球队。通常的情况是，我搞完联欢会，就去图书馆借本书看看；比赛赢了球，就跑上舞台唱首歌。

到了大四，又要面临择业和考研。

我娘说："你上班吧，家里条件不好。"我在电话里说："好的。"放下电话就给自己报了一个辅导班——还是法律硕士的考研辅导班。

由于这辈子头回瞒着家里干这样的大事，每天勤奋得不行。那时，班上到处是青春靓丽、求知若渴的女同学，一个假期的辅导班上下来，我愣是一个姑娘的名字都没问来。

统考过后，我问我娘："要是我能上研究生怎么办？"

我娘说："没事，真要能上，把咱家房子卖了把你供出来。"

我因为大学成绩还说得过去，比较顺利地在一家研究院找到了工作。等到出了成绩，不等我娘卖房子，我就找了个没人的地方让录取通知书自行了断了。这辈子，坚持做自己喜欢的事情，最坚决、最接近的一次，就这么静悄悄地溜走了。

于是，我就进了这家研究院，根红苗正的工科男，从此一门心思地搞技术——当然，这是不可能的。

我在检验检测、鉴定评审的同时，开始慢慢地写随笔和小说，甚至后来在读研深造的那几年也一直没有放弃。两手都在抓，两手都不软，如果写出一篇技术论文，就马上奖励自己写一篇小说；如果随笔发表了，就想着能不能申请一个技术专利。我从2013年开始写小说，陆续出版了多部图书作品。其中，小说集《晚安，我亲爱的人》获评××网五星好书，热卖了好几十万册。拿到版税报告的日子，我恰巧也评上了高级工程师。我的长篇小说《一生有你》上市第八天就成为××网新书小说榜的冠军，2017年，这部长篇小说在清华大学开机，被拍成电影。长期默默坚持的写作习惯，让我这个机械工程师不但出版了自己的小说集，还投资成立了一家出版公司，甚至开了一家书店。

米兰·昆德拉在小说里写："生活在别处。"仿佛天堂永远是住在我们隔壁的某个地方，伸开双臂，无法碰触，踮起脚尖，遥不可及，一个庸俗的肉体茫然无措又神经兮兮，而我又是那种天生软柿子的人，一辈子不想坚定不移地朝着自己喜欢的方向冲，不想犟筋，不想撞南墙，不想热泪盈眶。

我只能说，我喜欢偷偷摸摸地向我喜欢的生存方式表达敬意，苟且偷生，好死不如赖活着地爱着、羞怯着、骚动着，在不能中不舍，在不舍中不执。后来我知道没学文也挺好，一样阳光普照；后来我知道没读研也挺好，一样带雨春潮。到最后，我发现我居然成了工程师里最会写小说的，写小说里最会打篮球的，打篮球里最会唱卡拉OK的那个人，这个世界太奇妙了。

有些幸福和认同注定不是拼来的。天堂在左，肉身在右，与其四顾无望地茫然追逐，不如凿壁偷光，让自己活得柔软而敞亮。

男人为什么打架呀？

昨天晚上姐姐约我下馆子，饭吃到一半电话响了，没讲几句话，老姐脸色都菜了。

"咋回事？"

"你外甥跟人打架了……"

"小男孩偶尔冲动一下，收拾个把人，不算啥。"

"事实上，是他被揍了。脸都肿了。"

"小男孩从小承受一点点挑战和打击，不算啥。"

"你倒是挺乐观。"

我夹起一只鸡翅，边啃边说：

"有个哲学家讲过，小孩子打架拼的是发育。"

"那你是怪姐姐没把他养好是吧？"

"当然不是。"

我夹过另一只鸡翅，放到眼前的盘子里。

"哪个哲学家说的？"

"罗永浩。"

"电视购物里卖锤子的那个？"

"额，是卖锤子手机。"

"看他的样子，也没见他发育得多好啊？"

"额……姐说得有道理。"

很快，第三只鸡翅也被我啃干净了。

"你甭吃啦，跟我回家，我觉得你应该跟你外甥好好谈一谈。"老姐说。

"好啊！服务员，剩下的鸡翅给我打包！"我是个爽快人。

一路麻溜地开车回老姐家，外甥挺着个紫茄子脸瘫在沙发上。

"是谁先动手的？"我问。

"谁先动手也不对。"老姐抢话。

"是他。"茄子终于开口了。

"为啥呢？"我问。

"他借了我五毛钱很久都不还，还在上体育课的时候推我。"茄子说。

"到底是因为五毛钱，还是因为他推你？"我问。

"这俩有啥不同，屁大点事。"老姐说。

"当然不一样，前者的话，你是暴利催债，后者叫誓死捍卫自己的人身自由。"我说。

"扯犊子吧你！"

老姐说着，从包里掏出鸡翅，气氛一下子就缓和了起来。

"我觉得你应该跟他聊聊你自己的经历，比如小学、中学、大学，你都是怎么过来的。"老姐说。

"我觉得可以。"我解开塑料袋，掏出一只鸡翅，慢悠悠地开启了我的故事。

那是二十世纪九十年代，我在光明小学读五年级一班，班上有两个女生特别让我在意，一个叫沈玉，一个叫马晓。沈玉是我的女神，是班花，坐在前排，她有一张大月亮脸，笑起来明月出天山。马晓是我的同桌，是女生堆里的骆驼（俺们那旮旯，喜欢把个头高的同志，尊称为骆驼），她有一张大雀斑脸，笑起来苍茫云海间。

那时我是男生里个头最高的，但马晓发育得更好，足足比我高出半个头来。她是女生里的大姐大、扛把子，但凡女同学走个夜路、闹个感情纠纷或者掰扯个经济问题，一定找她来出头。马晓学习并不好，有一次考试的时候她还拿眼睛一直撩我、撩我和撩我。

我说，你再偷看我试卷，我要告诉老师啦。然后我一不做二不休地举起手，马晓极淡定地抬起一条大长腿，慢条斯理地把我踹出两米开外（马晓在体育部主修标枪）。

我在心里默念着，好男儿不跟女生较劲。所以，我被踹飞的时候，并不觉得十分伤感。甚至从地上爬起来的时候，我还拍拍身上的灰尘、振作疲惫的精神，对监考老师小声说：

"铅笔滚地上了，我去捡了一下。"

沈玉因为长得好看，长期受到高年级学长的骚扰。有一次，一个初中生将她叫到操场上表白，还企图动手动脚，我恨得咬牙切齿，却又担心发育得不如学长好。后来，我终于鼓起勇气冲了上去，对着他俩轻声说道：

"对不起，打扰一下，沈玉，数学老师让你现在马上过去一趟，赶紧的！"

初中学长瞪了我一眼，一脸不屑地走了。

没过两天，这家伙又来了，硬生生拉着沈玉去小操场。还好这次有马晓在。她很快跟学长干起来——确切地说是被那个初中生一胳膊肘子怼在胸口上，喘不过气来。这一次，我想着以"语文老师"的名义冲上去再试试，可话一开口，却变成了：

"别打女生，有种冲我来。"

哪知那个学长对"肘击"如此执着，咔嚓一下，这次让我也喘不过气来。

我正迟疑着，马晓却捂着胸口去踹那个初中生。只见学长哐地一巴掌扇了过去，马晓应声倒地。我憋着一腔愤恨，准备冲上去咬他，结果学长只骂了两句，便扬长而去了。马晓望着我，颤巍巍地笑了笑，苍茫云海间的雀斑脸煞是好看。

"小舅，你没再追上去打他？"

"没有。"

"你这算是打架吗？"

"当然，只不过为避免事态的进一步恶化，我控制了局面。"

"都说外甥随舅，原来怂是有基因的。"老姐叹了口气，补充说，"我觉得你可以讲一些正能量的故事。"

好吧，那我继续。

当时我从光明小学毕业，我娘担心如果再不对儿子严加管教，上初中之后早晚要早恋。于是，她托人帮我转了学，送到了离家非常远的一所重点初中里。

有一天，我同桌新买的橡皮找不到了。他说："我怀疑是你拿了，我能不能翻翻你的书包？"

我回击："班里这么多人，凭啥怀疑我——要翻我书包，门儿都没有。"

他说："其他人都跟我是老同学啦，你不让翻，那就证明肯定是你拿了。"

我本来刚入中学部，人生地疏，一直活得小心翼翼。那天实在忍无可忍，我薅出书包，站在课桌旁，让同桌翻了个底朝天。

"没有哈。"末了，同桌云淡风轻地叹了一句，站起来将书包交还给我。

我缓缓接过书包，撩了他一眼，极为淡定地伸出胳膊，一拳砸在他青春无敌的面庞上。他的鼻子瞬间鲜血直流。

"小舅，就为这么点事？"

"你不懂，这关乎一个男人的节操和尊严。"我说。

"你能不能有点正形？小孩子都要被你带拐了。"老姐怒道。

我说："那次打架我被严重地处分了，还在全班同学面前念了检讨书，节操和尊严稀里哗啦掉了一地。从此以后，我不断地反省、自律，在高中、大学阶段博览群书，终于变成了现在这样斯文温柔的谦谦君子。"

老姐皮笑肉不笑地活动了活动脸颊。

上班之后，我以为已成长为暖男的我再也不会和人打架了。可事实上，人类一思考，上帝就发笑。那会儿我刚刚考出来国家起重机械检验师，被派到一个海岛的小村子里检验一台"汽车吊"。要知道这些开"汽车吊"的小老板，个个土豪又龟毛，设备安全隐患再多，也完全不将国家法定检验放在眼里。

那天，我一大早就联系上一个吊机小老板，追着他跑了三个工地，他总找借口说设备在忙着吊重，不方便配合我的检验工作。末了，我把他堵在驾驶室里，好话说了一大车。他就是不肯下车，坐在驾驶室里优哉游哉地抽着"中华"。

"看你这白净的样子，连香烟也不会抽吧。"小老板捏出一根烟，续上火，也不正眼瞧我，顾自吐着烟圈。我掸了掸烟灰，从驾驶室的倒车镜里看看自己的样子：这么多年的读书和教育，的确把自己收拾得很像个无公害的斯文书生——但是，做男人要有点血性不是？

　　我跳下"汽车吊"，跑回到自己的车上，摘下眼镜，脱掉电工鞋，换上后备厢里的一双"纽巴伦"，径直朝"汽车吊"蹿上去。那小老板正美滋滋地嘬着"中华"的烟屁股，我一把扯开驾驶室门，攥住他的后衣领子，像薅萝卜似的把他从驾驶室里连根拔起。

　　"别他妈的给脸不要脸，给我滚下来！"

　　那厮完全蒙了，张口结舌，差点把烟头给吃了。

　　"要么咱俩打一场，要么你他妈的滚远点，让我把你的吊机验了！"

　　"哦，哦……"吐出烟头的小老板，望着比他足足高出两头的我，结结巴巴地陷入深思。

　　"男人打架拼的是发育"——他显然也意识到了这个哲学问题。

　　"别这么粗鲁呀，你。"

　　"滚开，去拉个三吨的配重来，我要做试验用。"

　　"哦，哦，你等着啊，你等着……"

　　开了土匪外挂的我，发现事情竟然顺利得出奇。大概这小老板从来没遇到过这么剽悍的工程师吧，他迈开小碎步，哆哆嗦嗦地跑远了。

　　"你胆儿真肥啊，你不怕他回村里叫一帮人过来揍你吗？"老姐终于插话。

　　"开始真没害怕，过了好一阵小老板还没回来，我就开始担心了，”我补充说，“今天不会栽了吧——生活有时候就是这样，上帝为你关上一扇门的时候，同时还放出了一条狗。”

“舅舅，那后来呢？”

“我就站在吊机顶上往远处看，看到小老板开着一辆叉车回来的时候，心终于咽回到了肚子里。后来，小老板中午还请我吃了顿饭，点了老些个海鲜呢！”

“这人真是欠揍啊！”

“嗯，但我不是因为他欠揍才教育他的。我要依法检验他的设备，这是履行国家赋予的职责。”

“舅舅你真厉害。”

“不！我不应该用打架来唬他。马里奥·普佐在《教父》中说过，最好的威胁是不采取行动，一旦行动了，人们就不再怕威胁了。”

“这……”茄子外甥摸摸脑袋，迷茫了。

“教父是谁？你这都什么知识储备？还有没有一些健康积极的正能量？”老姐发飙说。

我总结陈词道：“说到底，打架是不对的。男人的胸襟是博大的，你应该学会宽容。屠格涅夫说，不会宽容别人的人，是不配受到别人宽容的。斯宾诺莎说，人心不是靠武力征服，而是靠爱和宽容征服。苏霍姆林斯基说，有时宽容引起的道德震动比惩罚更强烈。”

老姐的脸上终于绽出微微的笑意：“听到没，舅舅读书多，跟舅舅好好学着点。"

"鸡翅凉了，姐，你去翻个热吧。"

老姐转身离开，我趁机对眼前的茄子厉声说道：

"上面这些人，有什么共同特点你知道吗？那就是，他们的名字都叫作战——斗——民——族！"

我说："你记着，男人不是不能打架，而是不要为了五毛钱就动手，不要为了别人推你一把、踢你一脚就还击。"

我说："你看看小舅为什么打架？第一次是为了保护喜欢的女生，第二次是为了男人的节操和尊严，第三次是为了维护国家的利益……你懂了吗？"

一大串连珠炮似的说话，让我的脸颊涨得通红。微波炉在厨房"Bi"的尖叫了一声，就在老姐回来前这电光石火的瞬间，我抓住茄子的手说：

"你记住，在男人不得不打架的时候，一定要他妈的先动手。这是精髓。"

香喷喷、热腾腾的鸡翅被端了上来，气氛一下子就缓和了。

做一个有故事而不世故的人

这辈子我敬服的人很多，先贤大哲，美人枭雄，可就身边的亲朋而言，让我真心钦佩的却是我的小舅。

我小舅只比我大十来岁。那会儿我七八岁，正处在讨人嫌的少儿生长期，顽劣异常，全家人都拿不住我，唯独就怕我小舅的一声吆喝！我小舅那时十七八岁，正处在青春叛逆期，常常被人叫去打群架。

虽然他嘴里的故事一直都是自己如何威猛，以一当十地打得别人满地找牙，可大多时候，我看到的他，都是被揍得稀软，像食堂里红烧茄子的模样。

印象深刻的一次，有一回半夜小舅跑到我家来找我娘要钱，灰头土脸，顶着一脑袋"红包"，开口就是："姐姐，我把人家开瓢了，要赔医药费，能给凑五十块钱不？"

那会儿的小舅，烫一个黑色大丽花式的卷发头，穿着水洗布的喇叭裤，每每被人揍回来，就靠在小院的影壁墙角，把烟屁股嘬得"嗞嗞"作响。他闷声不响地戳在那里，没人搭理他，他也不搭理人。

直到看我经过，他冷不丁地冲过来，一把举起我，抛到半空，再接住，旋即又抛上去，身姿峻拔，好似做广播体操；大嘴咧着，就像奔驰在希望的原野上。

过了几年，小舅恋爱了。那姑娘生得像钟楚红一般好看，小舅每天乐得心花怒放，渐渐少了去凑份子砍人的兴趣。"钟楚红"起初对小舅并不感冒，小舅不急不躁，每天骑着大摩托带她到各地兜风或赶场子跳迪斯科。

也许是日久生情，"钟楚红"后来说，那种黑色大波浪式的卷发，在摩托车后座上看起来，就像康河里招摇的水草，像挥起的衣袖，像一团就要下雨的云彩。

终于挨到了谈婚论嫁的日子，"钟楚红"瞒着小舅到街边找算命先生卜了一卦。先生说："你这未来的夫婿生性狂莽，将来一定是进监狱的材料。""钟楚红"含泪奔离，找小舅来分手。小舅淡定异常，问明是哪里的算命先生后，冷笑三声，说："这货我听说过，分明就是要骗你钱财，不信你明天再去找他问问！"

当天下午，小舅找了兄弟，把那算命先生一顿恶揍，揍到"夕阳西下"，揍得那厮"断肠人在天涯"。"钟楚红"隔天去找算命先生理论，果然印证了这货就是"骗钱走人"的材料。婚礼如期进行，"智勇双全"的小舅也终于成就了属于自己的"小桥流水人家"。

　　到了九十年代初期，小舅从国有企业离职，学人家下海经商。由于小舅做生意好结交朋友，没有商人的精明算计，几年下来，生意经营惨淡，只赔不赚。他又没什么学历和技术，只能从最基本的练摊开始。"钟楚红"陆续生下我的表妹和表弟，养孩子又要用钱，小舅心急之下，看到合适的生意，只要觉得有油水，就要插上一鼻子。

　　据我不完全统计，小舅那会儿卖过牛仔裤、中老年服饰和各色小饰品，倒腾过化妆品，开过洗车行，挖过沙石料，烤过羊肉串，卖过冰啤酒，拍过婚庆录像，整过台球厅，教过霹雳舞，办过小卖部，当过小导游，走过三关六码头，会过狐朋和狗友……

　　因为胆大和勤奋，断断续续地，小舅总算赚了点钱。人开始变得精明起来，可是对家人和朋友却极为慷慨，每年都给小辈很多压岁钱。

　　我考上大学那会儿，临行前，小舅特意赶来塞给我一把钱，他说："需要花钱就找你小舅要。一定好好学习，别学小舅没文化，一辈子只能倒腾小本生意。"

　　但凡我寒暑假回家，小舅又一定让"钟楚红"舅妈拉着我去买衣服，那会儿耐克、阿迪还很时髦，舅妈不惜砸重金把我包装成一个运动土豪。

　　小舅说："泡姑娘，总要有身好行头！"

可是我知道，小舅那会儿其实并不富裕，自己的日子过得紧巴，但只要亲朋好友张口，他就会立马捧着滚热的钞票出现。

跃入二十一世纪，做小本生意的小舅，遇到了他生命里的贵人。

据说那人是某个炼油公司的老板，几经周折才打听到小舅。

老板说："你还记得我不？一九八几年，我那会儿落难，你借给我一百块钱。"

小舅说："没事，没事，我早不记得啦！"

老板说："现在兄弟我混好啦，想请你好好喝一顿啊！"

小舅说："没事，没事，不喝啦，我老早戒酒了。"

老板说："这么多年，你从未想过找我讨过一分债啊！"

小舅说："没事，没事，小意思啦。"

老板说："哎呀，你这人，说好我请你的，啥时候你抢着把账先结啦？"

小舅说："没事，没事，你远道是客，我该尽尽地主之谊啦！"

几经试探后，老板发现原来小舅就是那种大大咧咧、迷迷瞪瞪又仗义忠肝、江湖上失传已久的大好人，当下决定拉小舅进自己的生意圈。

就这样，小舅因为十几年前无意间做了一件好事而得到贵人的提携，从此在生意上平步青云，在天津的港口，很快拥有了自己的炼油公司。

发达后的小舅，自己在花钱上却没有大手大脚。舅妈说："你小舅就是个老财迷，挣来的钱巴不得码平了，睡在上面打滚才踏实。一条裤子，非得穿破了口子才舍得买新的。去海南度假嫌机票太贵，非得挤三十多个小时的火车赶过去。自己开了好几年的二手'伊兰特'，还是最近才换成了奥迪。"

那回，小舅开着他的新奥迪，拉我去兜风。路上土豪小舅像个小孩子一样止不住地向我显摆：

"怎么样，推背力不错吧？"

"怎么样，借你去耍耍？泡姑娘没辆好车可不行！"

可是，小舅对自己的家人、朋友却又是异常大方：小辈结婚，他动辄就是送房、送车；朋友落难，他仍旧不惜重金扶持；家庭聚餐，他一定第一个跑去掏钱包；长辈住院，他又悄悄交齐所有医药费。

这几年，全家和乐，小舅在背后出钱出力，招呼各家，团结老幼，功不可没。不管自己如何有钱，在兄长、姐姐那儿，依然是一副谦恭小弟的模样，从来没有财大气粗式的顾盼自雄；在小辈面前，也不指指点点，愣充人生导师，反倒是少说空话、多干实事的身教成了我们眼中最好的榜样。

在生意场上摸爬滚打多年，小舅日渐成熟稳健，而他对朋友、对家人、对生活的那份纯真心思，却没有因岁月和生活的磨砺而有丝毫改变。他正是一个有故事而不世故的人。

大宗师说："抱朴守拙，涉世之道。"

一个有修养的人，不讲究做事的圆滑，而要保持朴实、豁达的个性。深谙世事却不世故，才是最善良的成熟。历经苍凉却不失纯真，才是最智慧的练达。

图书在版编目（CIP）数据

晚安，我亲爱的孤独 / 午歌著. — 哈尔滨 : 哈尔
滨出版社, 2021.8
ISBN 978-7-5484-6080-0

Ⅰ.①晚… Ⅱ.①午… Ⅲ.①短篇小说 – 小说集 – 中
国 – 当代 Ⅳ.①I247.7

中国版本图书馆CIP数据核字（2021）第098386号

书　　名：**晚安，我亲爱的孤独**
WAN' AN, WO QIN' AI DE GUDU

作　　者：午　歌　著
责任编辑：赵宏佳　孙　迪
责任审校：李　战
封面设计：刘　霄

出版发行：哈尔滨出版社（Harbin Publishing House）
社　　址：哈尔滨市香坊区泰山路82-9号　　邮编：150090
经　　销：全国新华书店
印　　刷：天津行知印刷有限公司
网　　址：www.hrbcbs.com　　www.mifengniao.com
E-mail：hrbcbs@yeah.net
编辑版权热线：（0451）87900271　87900272
销售热线：（0451）87900202　87900203

开　　本：880mm×1230mm　　1/32　　印张：7.75　　字数：160千字
版　　次：2021年8月第1版
印　　次：2021年8月第1次印刷
书　　号：ISBN 978-7-5484-6080-0
定　　价：49.80元

凡购本社图书发现印装错误，请与本社印制部联系调换。
服务热线：（0451）87900279